윤동주
상처 입은 혼

윤동주
상처 입은 혼

안도섭 장편소설

연변에서 윤동주 시인의 이름이 처음 알려진 것은 일본의 와세다대학 오무라 마스오 교수가 1987년 발표했던 「윤동주 사적에 대하여」라는 글이 발표되면서였다.

그는 1985년 4월부터 1년간 연변대학에서 중국 조선문학 연구를 위한 객원교수로 연구 중이었다. 그때 일제 말기 후쿠오카형무소에서 희생된 윤동주 시인에 대해 관심을 갖게 되고, 일본의 여류시인 이부키 고伊吹鄕가 번역한 윤동주 시집 『하늘과 바람과 별과 시』를 읽으면서 이 시인에 대해 본격적인 관심을 갖게 되었다.

그 첫 성과로, 용정의 동산교회 묘지 허물어진 봉분 앞에 '詩人 尹東柱之墓'라고 새겨진 비석을 발견하게 된 것이다.

그때까지 연변에서 윤동주 시인은 잊혀진 존재였다. 더욱 놀라운 것은, 윤동주는 이미 한국에서 최고로 평가받는 시인이었다. 남북 분단이 빚은 비극이었다.

내가 처음 윤동주의 시를 접한 것은 1948년 <정음사>에서 출간된 윤동주의 『하늘과 바람과 별과 시』를 읽을 때였다.

그는 일제의 광풍이 아시아를 휩쓸고 조선 땅을 어둠으로 휘몰 때에도 꿋꿋한 민족혼을 불태우며 선혈이 늠름한 시를 써냈다.

죽는 날까지 하늘을 우러러
한 점 부끄럼이 없기를,

「서시」의 처음 2행의 시 구절이다. 식민지 조선의 어둡던 시절 티 없이 순결한 시혼을 불태우던 그는 스물아홉이란 아까운 나이에 꽃잎처럼 흩날려 갔다. 하지만 그는 죽어서 민족시인으로 부활했다. 일본 군국주의의 서슬 푸른 비수는 그를 '생체 실험'으로 무참히 희생시켰지만, 이 겨레의 샛별로 떠오른 것이다.

그는 비록 꽃다운 나이에 지고 말았지만, 그의 시혼은 해방된 조국 하늘에 무지개처럼 떠올라 이 겨레와 더불어 길이 빛나리라.

나는 소설『윤동주, 상처 입은 혼』을 마치면서 그의 혼불에 「동백꽃」한 편을 헌시로 바치고자 한다.

冬섣달 소로시 피는 꽃
빨간 동백꽃

된서리 몰아오고
청제비 날아가도

굽히지 않는 넋인 양
하냥 손짓하던 꽃

싱그러운 아침에 피었구나
빨간 동백꽃

끝으로 이 책을 펴내는 글누림출판사에 깊이 감사드린다.

2014년

牛堂精舍에서 안도섭

| 차례 |

윤동주
상처 입은 혼

한 장의 전보

눈이 내릴 듯한 잿빛 하늘이 우물 속에 드리우고 있었다. 이때 한 장의 전보가 용정의 고향집으로 날아왔다.

－ 2월 16일 동주 사망. 시체 인수해 가라.

그날은 일요일로 할아버지 윤하현을 비롯한 가족은 교회에 나가고, 두 아우 일주와 광주가 집을 지키고 있었다. 이 청천벽력 같은 전보를 받아들고 일주는 허둥지둥 교회로 달려갔다. 숨이 차고 가슴이 멘 일주는 손에 쥔 전보를 할아버지에게 건넸다. 전보를 받아 쥔 할아버지의 얼굴을 쳐다볼 수가 없어, 그는 휙 돌아섰다.

눈물 한 방울이 그의 양복 단추 위에 뚝 떨어진다.

"이 하늘도 무심한 노릇을……."

어안이 벙벙하여 벽을 치며 통곡하는 동주의 집에 예배를 마친 교인들이 들이닥쳐 가슴을 쥐어짤 뿐이었다.

동주 어머니는 시골 친척집에 가 있었다. 마을 젊은이가 어머니 김용을 모시러 가자,

"무슨 일인가? 아버님께서 편찮으신가?"

병약한 어머니에게 동주의 사망 소식을 밝히지 않아 시아버지께서 편찮으신 줄로만 알았던 것이다.

나중에 동주의 사망 소식을 듣고도 그녀는 속으로 눈물을 삼킨 채 가족들을 다독인 후 동주의 시신 옮기는 것을 걱정했다.

태평양전쟁이 한창이고 일본본토 폭격이 시작된 때라 도항증 발급이 어려운 시기였다. 친척들이 애써 만류하는데도 아버지 윤영석은 집을 나섰다.

그는 두 발을 땅에 내디뎠으나 몸이 붕 떠 빈 허깨비가 바람을 가르는 것 같았다. 그가 신경新京에 있던 사촌동생 영춘永春을 데리고 규슈의 후쿠오카 형무소를 찾은 것은 동주가 사망한 지 열흘 만이었다.

그들이 후쿠오카로 가고 있는 동안, 용정 집에는 또 하나의 통지서가 날아들었다.

– 동주 위독함. 원한다면 보석할 수 있음. 만일 사망 시 시체를 인수할 것. 아니면 규슈 제국대학에 해부용으로 제공할 것임. 속답을 바란다.

봉투에 든 인쇄물에는 이렇게 기재되어 있고 병명란에는 '뇌일

혈'이라고 적혀 있었다.

이번 후쿠오카에 동행하고 있는 영춘은 메이지학원 고등과를 나와 미국 프린스에서 수업한 후 신경에 돌아와 기자 생활을 하는 문학도였다. 부관연락선에 오르자 그는 갑판 난간에 몸을 기댄 채 침울한 생각을 지울 수 없었던지 동주에게 주는 시 「조중혼」을 써 내렸다.

새벽 닭 울며 눈을 감았다
바다의 소란한 파도 소리 들으며

영오의 몸에 피가 말라가도
꿈이야 언젠들 고향 잊었으랴

스산한 차꼬 소리 들려올 제
민들레 웃음으로 맘 달랬고

창 안에 빗긴 이마 주름살
나라 이룩하며 절로 풀렸으련만

채찍에 맞은 상처가 낫기도 전에

청제비처럼 너는 그만 울며 갔고나

후쿠오카 형무소에 도착한 그들은 이곳에 갇혀 있는 조카 송몽규를 먼저 만나볼 생각으로 면회 절차를 밟았다. 서류에 적힌 죄명에는 '독립운동'이라고 한자로 쓰여 있고 옥문을 들어서자 간수가 주의사항을 일러 주었다.

"몽규와 면담할 때는 반드시 일어를 사용하고 흥분된 표정을 보여서는 안 되오."

그들이 몇 발자국 발을 떼어놓을 때 간수는 다시 덧붙였다.

"시국에 관한 말은 엄금이라는 것도 잊지 마시오."

무거운 표정으로 복도에 들어서자 '시약실'이라는 표지가 붙은 곳에 푸른 수의를 입은 젊은이 한 무리가 중간쯤에 서 있다가, 그들을 보고 면회실로 뛰어왔다.

"어찌 아시고 이곳까지 오셨어요?"

몽규는 인사를 했으나, 반쯤 깨어진 안경에 초췌한 몰골은 그들의 말문을 막히게 하였다. 평소 당차던 그의 말소리를 알아들을 수 없게 변해버린 그 모습에 영석은 물었다.

"어떻게 그런 몰골이 되었느냐?"

"저놈들이 강제로 주사를 놓아 이 모양이 되었고 동주도 이런 주사를 맞고 그만……."

몽규는 말끝을 맺지 못한 채 흐느꼈다. 간수 눈치를 살피며 조선 말로 흘리는 말이었다. 허깨비가 다 된 몽규를 앞에 두고 두 사람 은 눈물을 쏟을 뿐 아무 말도 할 수가 없었다.

몽규와 이렇게 면회를 마치고 두 사람은 동주가 누워 있는 시체 실로 발길을 옮겼다. 입술을 다문 영석은 관 앞에서 주춤거려 서 있고 영춘이 관 뚜껑을 열자 방부제를 뿌렸던지 시신은 생전의 모 습과 다름이 없었다.

― 세상에 이런 일도 있어요!

눈을 감은 동주가 말하는 듯싶어 영춘은 한동안 넋을 놓고 서 있 다가 속으로 뇌었다.

― 하느님은 너무 무심하십니다!

이렇게 망연히 서 있자 간수 하나가 나타나 동정하는 조로 말했 다.

"아하, 동주가 죽었어요. 참 얌전한 사람이…… 죽을 때 무슨 소 린지 '아~' 하는 외마디 소리를 지르며 운명했어요"

동주는 스물아홉의 새파란 나이에 이렇게 이국의 감옥에서 순절 했다.

아버지 윤영석과 당숙 영춘이 그의 유골 단지를 들고 와 장례는 3월 6일 눈보라 치는 날 치러졌다. 관 속에는 유골 단지를 주검 대 신 넣었다. 장례식은 문익환 목사의 부친 문재린 목사가 맡았다.

그때 「우물 속의 자화상」과 「새로운 길」 등 두 편의 시가 낭송되었다. 그해 6월에는 무덤 앞에 묘비를 세우고, 이듬해 추모식에는 푸짐한 음식을 마련해 추모객들을 맞이했다.

윤동주의 유고 시집 『하늘과 바람과 별과 시』 초간본은 그의 3주기를 앞둔 1948년 1월 서울의 <정음사>에서 처음 햇빛을 보았다. 이 시집에는 시인의 사진과 「서시」 등 31편의 시가 실렸다.

이 시집 서문은 정지용이 쓰고 그의 연희전문 동급반이었던 강처중이 발문을 썼다.

정지용은 '뼈가 강한 죄로 죽은 윤동주의 백골은 이제 고국 간도에 누워 있다.'라고 쓰면서 그의 「또 다른 고향」을 소개하고 있다. 그의 친구 강처중은 발문에서 시인의 성격이며 내면세계를 소상히 적고 있다. 눈시울을 뜨겁게 하는 시인의 애정 어린 사연이었다.

소공동의 다방 '프린스'에서 시인의 추모를 위한 출판 기념회가 있던 날 강처중은 잊을 수 없는 추억담을 늘어놓았다.

"동주는 말주변도 사귐성도 별로 없었지만 그의 방에는 항상 친구들이 가득 차 있었지요. '동주 있나' 하고 찾으면 하던 일을 모두 내던지고 빙그레 웃으며 친구를 맞아 주었지요. '동주 좀 걸어 보자구' 하고 산책을 청하면 싫다는 적이 없었어요. 겨울이든 여름이든, 밤이든 새벽이든, 산이든 들이든 강가든 아무런 때 아무 데나 끌어도 선뜻 따라나섰으니까요. 그는 말이 없이 묵묵히 걸었고, 항상 그의 얼굴은 침울했어요. 가끔 외마디 비통한 고함을 잘 질렀지요. '아~' 하고 지르는 외마디 소리! 그것은 언제나 친구들의 마음에 알지 못할 울분을 주기도 했지요. 이런 친구도 친구들에게 거부하는 일이 두 가지가 있어요. 하나는 '동주 자네, 시 여기를 고치면 어떤가' 하면 그는 응해 주는 때가 없어요. 조용히 열흘이고 한 달이고 두 달이고 곰곰이 생각해 한 편의 시를 탄생시키죠. 그때까지는 누구에게도 그 시를 보이질 않지요. 이미 보여주는 때는 흠이 없는 하나의 옥이 되어 있었으니까요. 또 하나 그는 한 여성을 사랑하되 이 사랑을 그 여성에게도 친구들에게도 끝내 고백하지 않았어요. 그런 사랑을 제 홀로 간직한 채 고민도 하면서 희망도 하면서……. 쑥스럽다 할까요? 어리석다 할까요? 그는 간도에서 나고 이국 하늘 후쿠오카의 감옥에서 꽃잎처럼 져 갔습니다. 뱀을 몹시 싫어하던 친구였지요. 그는 독사에게 물려가고 말았으나 무던히 조국을 사랑하고 우리말을 좋아하더니만……. 그는 나의 친구이기도 하려니와 그의 아잇적 동무 송몽규와 함께 '독립운동'의 죄목으로 2년형을 받아 감옥에 들어간 채 모든 악형을 견뎌야 했고 마침내는 이름도 모르는 주사를 맞고 생체 실험의 희생자가 되어 갔지요. 그것은 몽규와 동주가 연전을 마치고 교토에 가서 대학생 노릇하던 중의 일이었습니다. '무슨 뜻인지 모르나 마지막 외마디 소리를 지르고 운명했지요. 짐작컨대 그 소리가 마치 조선 독립만세를 부르는 듯 느껴지더군요.' 이 말은 동주의 최후를 감시하던 일본인 간수가 그의 시체를 찾으러 후쿠오카에 갔던 그 유족에게 전하던 말입니다. 그 비통한 외마디 소리……. 동주는 감옥에서 외마디 소리로서 아주 가버리니 그 나이 스물아홉, 바로 해방되던 해였습니다. 몽규도 며칠 후 뒤따라 옥사하니 그도 재사였지요. 그들의 유골은 지금 간도에서 길이 잠들었고 이제 그 친구들의 손을 빌어 동주의 시는 한 책이 되어 세상에 전해지려 합니다. 불러도 대답 없는 동주, 몽규였건만 헛되나마 다시 부르고 싶은 동주! 몽규!"

그의 장례는 3월 초순, 눈보라 치는 추위 속에서 가족장으로 치러졌다.

장지는 용정의 동산, 해토가 되자 일주, 광주 등 아우들이 묘에 떼를 입히고 꽃을 심었다.

단오날 집안 어른들이 묘비를 세우고, 그 묘비명을 '시인 윤동주 지묘'라 새겼다. 비문은 순 한문으로 윤동주의 짧은 생을 '조롱에 든 새가 때를 만나지 못한 것'으로 비유했다. 백골 몰래 또 다른 고향으로 시인 윤동주는 파랑새처럼 훌훌 날아가 버린 것이다.

윤동주는 1917년 12월 30일 만주국 간도성 명동촌에서 태어났다.

이 명동촌은 조선족이 건너가 마을을 이루고 사는 작은 도시였다. 조국을 잃은 겨레의 선각자들이 망명해 와 일제에 대한 저항의 불길을 키우며 학교와 교회를 세워 민족의식을 고취시키던 보금자리였다.

1910년 일제의 마수는 조선의 국권을 빼앗고 식민지 체제를 더욱 다지기 위해 우국지사들을 학살, 투옥하는 데 혈안이 되어 있었다.

바로 한 해 전 한반도를 식민지로 집어삼킨 일제는 청국과 협약을 맺는다. 하여 국경을 압록강, 두만강으로 만들어 고구려의 옛터 간도는 청국의 영토가 되고 그곳 한인들은 이방의 나그네로 뒤바뀌고 만다.

이 지역이 지금은 중국령이 되어 조선족의 자치구로 증조부 윤재옥 때에 이주했었다. 독실한 기독교도였던 조부 윤하현의 영향을 받으며 자란 동주는 조신하고 차분한 성격으로 그 안에 강인한 개성을 지녔던 소년이었다.

이곳 명동중학교 교원이던 윤영석의 맏아들로 태어난 동주는 열 살 때까지 해환海煥이라고 불리었다.

어머니는 김용이고 여동생 혜원과 남동생 일주, 광주가 있다. 광주는 용정촌에서 태어났다.

동주가 태어난 집은 할아버지가 손수 벌채하여 지은 큰 기와집이었다. 그의 집은 정남향으로, 후면과 좌우에는 살구나무와 자두나무를 심은 과수원이 있고, 뒷문으로 나가면 깊은 우물이 있었다. 마당에는 자두나무들이 주렁주렁 열매를 맺고, 큰 대문 앞 텃밭이 한가로운 분위기를 자아내 주었다.

큰 오디나무가 선 우물가에서 바라보면 동북쪽 언덕에 교회당이 보이고, 그 옆 고목나무에는 종각이 걸려 있었다.

아홉 살 때 동주는 명동소학교에 입학했다. 그의 고종사촌 동생 김정우도 같은 해 입학하여 오순도순 6년간 보내게 된다.

명동촌은 사방이 병풍처럼 산으로 휘둘린 아늑한 마을이다. 새벽송 준비를 하느라 동주의 집에서는 밤샘을 하며 꽃종이를 만들었다. 두 소년은 옷을 두툼하게 껴입고 머리에는 벙거지를 눌러 쓴채 새벽 눈길을 가는데 찬송가를 흥얼거리다 말고 정우가 말을 꺼냈다.

"동주 형, 눈이 많이 쌓이면 노루나 멧돼지가 몰려온다 해."

"그럼 동네 사람들 불러 잡아버리지."

"짐승들이 사나워 함부로 잡을 수 없대."

두려운 생각 때문인지 정우는 그만 돌아가자고 한다. 그들은 어느 결에 동쪽으로 난 쪽대문을 나서 우물 가까이 와 있었다.

동주는 눈이 펑펑 쏟아지는 우물을 이윽히 내려다보며 무슨 생각을 하는지 돌아갈 생각을 않고 한참을 움쭉하지 않았다. 이때의 추억을 「자화상」에서 소박하게 노래하고 있다.

1933년 조선에서 태어난 일본인 시인 미나미 구니카즈南邦和는 해방 후 윤동주를 추모하는 모임에 나와 윤동주 시인에 대한 애석함을 털어놓았다.

"윤동주는 일본 통치하의 가혹한 상황에서 치안유지법이라는 시대의 악법에 의해 체포되었다. 그리고 '옥사'라는 비극적 최후로서 일본 제국주의의 악법과 잔혹성을 상징하는 '순교의 사람', '저항의 사람'으로 인식되어 있다. 그러나 그 작품에 접해 가면 그 어디에도 노골적인 저항의 자세나 정치적인 문구는 없다. 오직 내성적인 우수에 찬 서정시인이면서 동시에 형이상학적인 사상성을 지니는 이지의 시인이다. 여기서도 현대에 있어서의 윤동주 평가에 큰 모순을 보는 것이다. 나는 길지 않은 발언의 마지막을 그의 작품 가운데 내가 가장 좋아하는 「자화상」 낭송으로 끝마치려 한다."

산모퉁이를 돌아 논가 외딴 우물을
홀로 찾아가선 가만히 들여다봅니다.

우물 속에는 달이 밝고 구름이 흐르고
하늘이 펼치고 파아란 바람이 불고
가을이 있습니다.

그리고 한 사나이가 있습니다.
어쩐지 그 사나이가 미워져 돌아갑니다.

돌아가다 생각하니 그 사나이가 가엾어집니다.
도로 가 들여다보니 사나이는 그대로 있습니다.

다시 그 사나이가 미워져 돌아갑니다.
돌아가다 생각하니 그 사나이가 그리워집니다.

우물 속에는 달이 밝고 구름이 흐르고
하늘이 펼쳐지고 파아란 바람이 불고 가을이 있고
추억처럼 사나이가 있습니다.

1932년 동주는 은진중학교에 입학하고, 그 시절부터 그의 문예 활동은 비롯되었다.

말수 적고 순진한 동주는 고종사촌이며 동갑내기인 송몽규와 아동 잡지 『어린이』를 사서 밤새워 읽었으며, 그림을 좋아해 명동촌의 풍경을 도화지에 그려놓곤 하였다.

그 후 숭실중학, 다시 광명학원 중학부로 옮겨 다녔으나, 이미

옌지에서 발행된 『카톨릭소년』에 「병아리」, 「빗자루」, 「오줌싸개의 지도」 등의 동화를 발표해 온 동주는 숭실중학의 학우지 『숭실활천』의 편집을 맡았었다.

그가 다닌 은진, 숭실의 두 학교는 반일 색이 짙은 학교였다. 총독부가 각지에 신사를 세우고 신사참배를 강요할 때 그의 모교인 숭실중학은 '참배냐, 폐교냐'를 협박하는 총독부를 향해 거부를 고집하여 1938년에 폐교되었다. 이 사건은 예민한 그의 청춘 시절에 적지 않은 영향을 미쳤다. 광명학원 중학부 편입 후 4, 5학년을 통틀어 일본어의 성적이 가장 나빴던 것으로도 입증된다.

앞서 「자화상」은 그의 유년 첫 추억이 담긴 것으로 우물을 소재로 하여 자아 상실의 비극적 나르시즘을 그린 작품이다.

이밖에도 「십자가」, 「슬픈 족속」, 「또 태초의 아침」 등에서 자아내는 정경은 명동촌의 아름다운 정서와 이미지를 떠올리게 한다.

1941년 5월 31일 일부가 적힌 「또 태초의 아침」을 정지용은 '슬프도록 아름다운 시들'이라는 머리글에서 이 시에 대해 "아아, 간도에 시와 애수와 같은 것이 발효하기 비롯했다면 윤동주와 같은 세대에서부텀이었구나" 하고 말하고 있다.

동주는 학교에서 나오는 벽보신문에 동시 「귀뚜라미와 나와」를 발표하기도 하였다.

귀뚜라미와 나와
잔디밭에서 이야기했다.

귀뚤귀뚤
귀뚤귀뚤

아무게도 아르켜 주지 말고
우리 둘만 알자고 약속했다.

귀뚤귀뚤
귀뚤귀뚤

귀뚜라미와 나와
달 밝은 밤에 이야기했다.

그는 명동소학교 졸업 기념으로 학교에서 받은 김동환의 서사시
집 『국경의 밤』을 애독하는 한편 『소년』지에도 동시를 발표했다.

명동소학교 시절

윤동주의 본관은 파평坡平이다. 동주의 증조부 윤재옥(1844~1906)은 본디 함북 종성군 동풍면 상장포에 살았으며, 43세 때인 1886년 4남 1녀의 가솔을 거느리고 북간도 자동으로 옮겼다.

그때 형제 중 맏이인 조부 하현(1875~1947)은 12세, 윤영춘의 부친 되는 덕현(1878~1541)은 9세였다.

윤재옥은 1900년이 되자, 처음 자리 잡았던 자동에서 북간도 명동촌으로 보금자리를 틀었다.

그해에는 중국 산동으로부터 만주무장대인 '의화단' 사건이 일어나 산동에서 화북으로 번졌고 동쪽으로는 연변에까지 미쳤다. 연변에는 큰 부채골, 삼원봉, 팔도구 세 곳에 천주교 성당이 있었는데, 의화단에 의해 불탔다. 관군들의 토벌 작전도 벌어져 의화단을 쫓는 붉은 군복의 관병이 총을 쏘며 명동에까지 나타났다.

이런 의화단 사건이 나자 명동 사람들이 모두 자동으로 피난을 갔었다. 당시 사태를 보아 여차하면 두만강을 건너 조선으로 피신하려고 두만강변인 자동으로 갔던 것이다. 그때 윤씨 가문 사람들이 명동 사람들과 가까이 사귀게 되어, 훗날 명동으로 이주하는 계기가 되었다.

자동의 많은 재산을 정리하여 명동으로 옮긴 윤씨네 집안은 그곳에서 부자 소리를 들었다.

윤씨네 인원은 모두 18명으로, 동주의 증조부 윤재옥 내외 그리고 이미 결혼하여 가정을 이룬 4명의 아들들 가족과 친척 두 집 등이었다.

이렇듯 이주해 온 지 10년 만에 윤영석이 명동 처녀 김용과 결혼하여 첫 아들 동주를 낳았다.

김용은 이민단의 한 분인 김약연 학자의 이복 누이동생이었다. 김약연의 생모는 그를 낳은 뒤 일찍이 세상을 떴다. 계모로 심씨가 들어와 3남 1녀를 낳는데, 김용은 그 외동딸이었다. 김약연은 계모를 모시고 자기 내외와 아들 둘, 딸 하나, 그리고 결혼한 남동생 내외와 미혼의 남동생 하나, 그리고 여동생 하나로 이루어진 가족을 이끌고 두만강을 건넜던 것이다.

이민 당시 김용은 8세 소녀였다. 그녀는 도량이 넓고 인품이 뛰

어나 칭송이 자자했다. 명망 있는 학자 집안답게 처신 역시 본받을
만했다.

윤영석은 1910년에 김용을 아내로 맞아들였다.

김용은 결혼 후 딸 하나를 낳아 여의고 8년여 만에 준수한 사내
아이, 윤씨댁의 장손 동주를 낳았다.

할아버지 영석은 크게 기뻐하며 아명을 '해환'으로 불렀으니 뒷
날 민족 시인의 큰 이름을 얻는 윤동주이다.

북간도의 신학문 교육기관은 1906년 용정에 세운 서전서숙이다.
전 의정부 참찬 이상설이 이동녕, 여준, 정순만, 박정서 등 동지들
과 용정에 와서 천주교 회장 최병익의 큰 집을 사서 학교로 만들었
다. 그때 북간도의 천주교인들은 1900년의 의화단 사건으로 인한
피해 보상금을 청국 정부에서 받아 넓은 땅을 사 자리 잡은 것이다.

학생 수는 70여 명으로, 산술, 역사, 지리, 국제공법, 헌법학, 한
문 등을 가르치면서 반일 민족 교육을 실시했다.

그러나 네덜란드 헤이그에서 열리는 만국평화회의에 파견할 고
종 황제의 밀사로 이상설이 선정되어 그가 1907년 4월에 떠난 후
몇 달을 못 버티고 문을 닫고 말았다.

그 무렵, 명동에서는 신학문에 대한 열의가 드세게 일어났다.

1905년에 치욕스러운 '을사5조약'을 강제로 당했던 조정은 물론,

멀리 북간도의 동포들도 일본의 막강한 힘을 의식하게 되었다.

북간도 사람들은 청일전쟁(1894~1895), 러일전쟁(1904~1905) 등, 그들의 눈앞에서 벌어진 전쟁을 승리로 이끄는 일본의 힘을 직접 보게 된 것이다.

용정의 서전서숙이 문을 닫은 후, 명동 사람들은 세 곳에서 한학을 가르치던 서재를 하나로 모았다. 하여 '명동서숙'이란 이름으로 신학문을 가르치는 교육기관을 다시 열었다. 얼마 후엔 명칭을 다시 '명동학교'로 개칭했다.

1908년 4월 27일이 개교일로, 해마다 개교기념일이 되면 운동회를 여는 등 여러 행사를 치렀다.

1909년 들어 정재면이 부임한 후 학교 조직이 바뀌었다. 초대 숙장인 박무림 선생이 퇴임하고 교장 김약연, 교감 정재면의 체제가 되었다. 역사학자 황의돈, 한글학자 장지영, 『우리말본』의 서문을 썼던 박태환, 법학자 김철 등이 명동학교의 교사로 부임했다. 다음 해에는 중학교 과정도 만들고 각지에서 학생들이 몰려들었다.

1910년 8월 29일 한일합방으로 나라가 망했다는 소식에, 교사와 학생들이 대성통곡을 하며 주민들에게 큰 파장을 일으켰다.

이 시기 격변의 소용돌이 속에서도 명동마을은 큰 발전을 거듭했다. 정재면이 이끄는 신민회의 모범적인 농촌 운동이 벌어지고 명동학교 또한 발전의 기틀을 다져갔다. 북간도 여러 지역뿐 아니라 국내와 시베리아의 교포 자제들도 유학을 올 정도였다.

윤동주가 태어나기 5년 전인 1912년에는 북간도 한인 사회에 획기적인 일이 일어났다. 이민 이후 처음으로 '간민회'가 결성된 것이다. 간민회 회장으로 명동학교 교장인 김약연이 선출되는데, 이는 북간도 전 인구의 7, 8할을 차지하는 한인 사회의 우두머리였다.

그러나 이 간민회도 1914년 일본의 압력에 못 이긴 중국 정부에 의해 해산되고 말았다.

이런 마을에서 동주는 태어났다. 그가 태어나기 전에 부모가 기독교인이 되어 있어, 그는 아기 때 '유아세례'를 받아 교회에 등록되었다.

그는 만 8세의 나이로 명동소학교에 입학했다. 그의 소학교 1학년 때 외사촌 동생인 김정우는 '윤동주의 소년 시절'을 이렇게 회고한다.

"동주랑 같이 학교에서 1학년 때 국어 공부를 한 이야기인데, 그때 교과서는 '솟는 샘'이라는 등사본이었다. '가'자에 'ㄱ(기역)' 하면 '각'하고 '가'자에 'ㄴ(니은)'하면 '간'하여 천자문을 외듯이 머리를 앞뒤로 저으며 낭랑한 목소리로 암송하던 것이 지금도 기억에 생생하다."

1914년에 간민회가 해산된 후 일시 잠잠했던 한인 사회와 독립운동의 기운은 제1차 세계대전의 종전과 함께 다시 불붙기 기적했다. 1919년 3월 독립만세 운동 시기부터 1920년 봉오동 전투, 1920년 10월 만주에 출병한 일본군을 상대로 조선 독립군이 대승을 거둔 김좌진 장군의 청산리 전투, 간도 대학살 등 2년간은 전 북간도가 독립군의 세상이었다.

청산리 전투가 있기 하루 전이었다. 일본군이 간도에 들어와 맨 먼저 방화를 한 곳이 명동학교였다. 하지만 인명 피해는 없었다.

명동과 명동소학교 시절은 윤동주의 생애에서 중요한 시기였다. 자연도 그의 가정적인 환경도 은혜로운 터전이었다.

명동촌은 사방이 산으로 둘러싸인 아늑한 큰 마을이었다. 동북서로 야트막한 산언덕이 병풍처럼 마을 뒤로 둘러있고, 그 서북단에는 선바위라는 삼형제 바위들이 우뚝 솟아 절경을 이루며 바람막이를 해주고 있다. 그 바위 뒤에는 옛 싸움터였던 산성이 있고, 싸움의 흔적들이 가끔 눈에 띄기도 했다. 동쪽에서 뻗어 내린 장백산맥이 오랑캐령인 오봉산과 살바위라는 험준한 산들을 시발로 서남쪽으로 지맥을 이루며, 마을 건너에도 고산준령이 굽이굽이 뻗어 선바위를 스쳐간다.

옛 싸움터란, 그 옛날 고구려와 발해 유적지를 말한다. 이 땅은 우리 조상들이 옛날부터 살았던 곳이다.

명동촌은 풍수지리로 보아 우리 조상들이 좋아하던 그런 땅이다.

봄빛이 들면 울타리 가에 개나리가 멍울지고, 진달래, 철쭉, 함박꽃, 산나리, 복수초가 시새워 피어나고, 앞 강변에 휘늘인 버들강아지는 산들바람에 휘영청 춤을 추며 마을은 꽃향기 속에 파묻힌 낙원이었다.

동주의 집은 학교 촌에서도 집안이 넉넉한 편이었다. 그즈음 벼농사를 하는 집이 큰 마을에 몇 호밖에 되지 않는데, 그의 집은 풍족한 형편이었다.

그의 집은 학교 촌에 드는 첫 집이었다. 단풍잎이 핏빛을 뿜내는 야산 기슭에 교회당이 있고, 그 교회당 옆으로 두 채의 집 가운데 앞집이다. 집은 정남향 다섯 칸 기와집으로 둘레에는 그다지 크지 않은 과수원이 있고, 후문으로 나가면 수십 길 되는 우물이 있다. 정우는 곧잘 동주랑 과수원 울타리로 되어 있는 오디를 입술이 검붉게 되도록 따 먹고 우물 속에 목을 드리우며 소리치곤 하였다.

동주 할아버지는 마을 부자라 집 안에 말을 기르고 바깥출입을 할 때면 말을 타고 다녔다.

명동소학교 시절의 동주네 학급은 문학소녀 반이라고 불렸다.

동주는 그때 이미 서울에서 발행되던 소년, 소녀들을 위한 월간 잡지를 구독했다. 그의 동갑내기 고종사촌 송몽규도 역시 문학소년이었다. 몽규는 『어린이』를, 동주는 『아이생활』을 매달 서울에서 부쳐다 읽고 있었다. 청년들 사이에서는 『삼천리』라는 잡지를 돌려

가며 읽곤 했다.

그들이 5학년이 되면서 동주와 몽규는 잡지를 등사로 찍어내기로 하고, 자신들이 쓴 동시와 동요를 모아 『새명동』이라는 제명으로 몇 호 발간했다.

윤동주는 1931년 3월에 명동소학교를 졸업했다. 14명의 졸업생 중 그는 명동에서 10여 리 떨어진 대립자(따라즈)에 있는 중국인 소학교 6학년에 편입했다. 동기 중에서 송몽규, 김정우, 다른 친구 1명과 함께 네 명이 편입했는데 김정우가 도중에 퇴학하고 그들 셋은 날마다 10리 길을 도보로 1년 동안 통학했다.

1932년에 동주는 30여 리 떨어진 용정이라는 소도시의 미션계 학교인 은진중학교에 진학했다. 그때 가족은 농토와 집을 소작인에게 맡기고 이곳으로 이사했다.

당시 동주의 고모 댁인 송몽규네는 그냥 명동에 남아 있었다. 그래서 송몽규가 동주와 나란히 은진중학교에 진학했을 때 몽규는 용정의 동주네 집에 와 같이 소학교에 다니게 되었다.

동주의 아버지 윤영석은 그때 36세의 한창 나이었다. 그는 도시에 나와 궁리 끝에 인쇄소를 경영하기로 마음먹었다. 하지만 인쇄 사업은 적성에 맞지 않아 실패하고, 다음으로 포목점을 경영해 보았으나 이 역시 얼마 못 가 그만뒀다. 그는 사업에 연거푸 실패만 거듭하고 고달픈 삶을 살 수밖에 없었다.

용정으로 이사한 후 생활만 궁핍해진 것이 아니었다. 가족이 이사 온 용정 집은 20평 남짓한 초가집이었다. 명동 집은 넓은 텃밭과 타작마당에다 집 안에 우물과 과수원이 있고 큰 대문으로 드나드는 큰 기와집이었으니 물심양면으로 고달픈 삶이었다. 동주와 일주, 용정에 와서 출생한 광주 삼형제에 송몽규까지 보탠 여덟 식구가 생활하기엔 궁색했다.

그런 환경 속에서 동주의 은진중학교 시절이 시작되었다.

그 속에서도 동주의 학구열은 조금도 위축되지 않았다. 그때의 일들을 손아래 동생 일주는 다음과 같이 회고했다.

"은진중학교 시절 그의 취미는 여러 가지였다. 축구선수로 뛰기도 하고 밤에는 교내 잡지를 꾸미느라 늦도록 등사 글씨를 쓰기도 했다. 기성복을 맵시 있게 고쳐 허리를 잘룩하게 한다든가 나팔바지를 만든다든가 하는 일은 어머니 손을 빌지 않고 혼자서 재봉틀에 앉아 했다. 2학년 때였던가. 교내 웅변대회에서 '땀 한 방울'이라는 제목으로 1등을 해 상으로 탄 예수 사진 액자가 늘 벽에 걸려 있었다. 절구통 위에 귤 궤짝을 올려놓고 웅변 연습을 하던 모습이 지금도 선하다. 그러다 얼마 후에는 웅변에 별로 관심을 두지 않았다. 수학을 잘하고 특히 기하학을 잘했다."

동주와 명동소학교 시절부터 광명학원 중학부를 같이 다닌 오랜 친구, 문익환 목사는 그의 바느질 솜씨에 대해 추억담을 털어놓았다.

"동주는 재봉틀질을 참 잘했어요. 학교 축구부원들 유니폼에 넘버를 다는 것을 동주가 집에 갖고 가서 제 손으로 직접 박아 왔었지."

그의 어머니가 뛰어난 바느질 솜씨를 가지고 있었던 것이 그에게도 유전되었던 것 같다. '바느질 솜씨가 좋다'는 것은 손재주도 좋아야 하지만 미적 감각이 뛰어나야 가능한 일이다. 남자가 바느질을 한다는 것은 특이한 일이었는데, 그걸 드러내놓고 했던 것이니, 필요할 때 어떤 것이든 적극적으로 나서는 강한 성품 탓이 아닐까.

문익환 목사는 은진중학교 학창 시절을 이렇게도 회고했다.

"1932년 봄 동주와 몽규와 나는 용정 은진중학교에서 다시 만났다. 은진중학교는 캐나다 선교부가 경영하는 미션스쿨로서 한때 모윤숙 씨가 교편을 잡았던 '명신여학교'와 한 언덕 위에 자리 잡고 있었다. 캐나다 선교부가 경영하는 제창병원이 있고 선교사들 집 네 채가 있었다. 이 언덕은 용정 동남쪽에 있는 언덕으로 우리는 그 언덕을 '영국덕'이라고 불렀다. 그 지경은 만주국이 서기까지 치외법권 지대여서 일본 순경이나 중국 관원들도 허락 없이 들어갈 수 없는 곳이었다. 우리는 거기서 태극기를 휘두르며 애국가를 목청껏 부를 수 있었다. 신나는 일이었다. 학교 행사 때마다 심지어 급회를 할 때도 우리는 애국가를 부르는 것으로 시작했다. 이

학교에서 우리에게 큰 영향을 준 분은 동양사와 국사, 또 한문을 가르치시던 '명희조'라는 선생이었다. 그분은 동경제대에서 동양사를 전공하신 분인데 동경 유학 시절에 일본 사람들에게 돈을 안 주려고 전차를 타지 않았던 분이다. 어느 방학 때인가 용정에서 고향인 평양으로 가는데 기차를 타지 않고 자전거로 갔다 온 분으로 괴팍하면서도 철저한 애국자였다. 그는 우리에게 국사를 동양사, 더나가서는 세계사와의 관련 속에서 볼 수 있도록 눈을 열어 주었고 조국 광복을 먼 안목으로 내다볼 수 있도록 깨우쳐 주었다."

이 학교는 그들에게 민족의식을 깨우쳐 주는 교사들이 많았다. 그중에서도 명희조 선생의 영향은 컸다.

그는 민족이 처한 상황을 똑바로 깨닫도록 학생들을 인도했으며, 조국의 광복이 오리라는 것을 은근히 암시해 주었다.

명희조 선생은 3학년이 된 몽규를 중국으로 보내 임시정부와 연락을 취하기로 했다.

몽규는 이미 2학년 때 『동아일보』(1935.1.1.) 신춘문예 콩트 부문에 「숟가락」이 당선되어 조숙을 자랑했다.

작품 발표 때의 '송한범'은 그의 아명이다.

송몽규의 당선 소식을 듣고 동주는 반 농, 반 진담으로 말했다.

"대기는 만성이지."

문익환은 훗날 「내가 아는 시인 윤동주 형」이라는 글에서 이렇게 썼다.

"정지용 시집을 중학교 때부터 늘 끼고 다녔다. 그 바람에 나도 정지용의 시는 지금도 더러 외는 것이 있다. 동주 형이 연전을 마치고 도쿄 릿쿄대학으로 건너갔을 때 나는 폐병으로 집에 가서 쉬고 있었다. 마침 병이 나아서 도쿄로 다시 건너가서 동주 형의 하숙방을 찾아가 반갑게 만났다. 그것이 그와의 마지막이 될 줄이야. 그때는 이미 교토로 옮기기로 결정한 다음이었다. 교토대학 사학과에서 공부하던 몽규 형이 그를 그리로 끌어간 것이 아닐까 생각된다. 내가 그와 갈라진 하숙방이 바로 '육 첩 방은 남의 나라'라고 읊었다가 일제의 잔악한 손에 죽은 문제의 시 「쉽게 씌어진 시」를 쓰던 방이었지. 이만하면 내가 동주 형을 안다고 자부할 만도 하지 않은가? 같은 무렵에 『동아일보』에 콩트가 당선된 몽규 형 앞에서 동주 형은 좀 풀렸던지 '대기는 만성이지'하던 말이 기억난다."

숟가락

송한범

우리 부부는 인제는 굶을 도리밖에 없었다. 잡힐 것은 다 잡혀먹고 더 잡힐 것조차 없었다. "아, 여보! 어디 좀 나가봐요!"

아내는 굶었건마는 그래도 여성 특유의 뽀로통한 소리로 고함을 지른다.

"……" 나는 다만 말없이 앉아 있었다. 아내는 말없이 앉아 눈만 껌벅이며 한숨만 쉬는 나를 이윽히 바라보더니 말할 나위도 없다는 듯이 얼굴을 돌리고 또 눈물을 짜내기 시작한다. 나는 아닌 게 아니라 가슴이 아팠다. 그러나 별수 없었다.

둘 사이에는 다시 침묵이 흘렀다.

"아, 여보 좋은 수가 생겼소!" 얼마 동안 말없이 앉아 있다가 나는 문득 먼저 침묵을 깨트렸다.

"뭐요? 좋은 수? 무슨 좋은 수요?"

돌아앉아 있던 아내는 좋은 수란 말에 귀가 띄었는지 나를 돌아보며 부드러운 목소리로 대답을 한다.

"아니 저, 우리 결혼할 때…… 그 은숟가락 말이유."

"아니, 여보 그래 그것마저 잡혀먹자는 말이요?"

내 말이 끝나기 무섭게 아내는 다시 표독스러운 소리로 말하며 또다시 나를 흘겨본다.

사실 그 숟가락을 잡히기도 어려웠다. 우리가 결혼할 때 저 먼 외국 가 있는 내 아내의 아버지로부터 선물로 온 것이다. 그리고 그때 그 숟가락과 함께 써 보낸 글을 나는 생각하여 보았다.

"너희들의 결혼을 축하한다. 머리가 희도록 잘 지내기를 바란다. 그리고 나는 이 숟가락을 선물로 보낸다. 이것을 보내는 뜻은 너희가 가정을 이룬 뒤에 이 술로 쌀죽이라도 떠먹으며 굶지 말라는 것이다.

만약 이 술에 쌀죽도 띄우지 않으면 내가 이것을 보내는 뜻은 이그러지고 만다."

대개 이러한 뜻이었다.

그러나 지금 쌀죽도 먹지 못하고 이 숟가락마저 잡혀야만 할 나의 신세를 생각할 때 하염없이 눈물이 흐를 뿐이다마는 굶은 나는 다시 무거운 입을 열고 힘없는 말로 아내를 다시 달래어 보았다. 아내의 뺨으로 눈물이 굴러떨어지고 있다.

"굶으면 굶었지 그것은 못해요" 아내는 목 메인 소리로 말했다.

"아니 그래 어쩌겠소 곧 찾아오면 그만 아니요!"

나는 다시 아내의 동정을 살피며 부드러운 목소리로 말했다. 아내는 말없이 풀이 죽어 앉아 있다. 이에 힘을 얻은 나는 다시

"여보 갖다 잡히기요 빨리 찾아내오면 되지 않겠소"라고 말했다.

"글세, 맘대로 해요" 아내는 할 수 없다는 듯이 힘없이 말하나 뺨으로 눈물이 더욱더 흘러나오고 있다.

사실 우리는 우리의 전 재산인 숟가락을 잡히기 전에는 뼈가 아팠다. 그것이 은수저라서이기보다는 우리의 결혼을 심축하면서 멀리 ○○로 망명한 아내의 아버지가 남긴 오직 하나뿐인 예물이었기 때문이다.

"자, 이건 자네 것. 이건 자네 아내 것— 세상없어도 이것을 없애선 안 되네!" 이렇게 쓰인 그 편지의 말이 지금도 눈에 선하다.

그런 숟가락이건만 내 것만은 잡힌 지가 벌써 여러 달이다. 심축

뒤에는 축祝자를 좀 크게 쓰고 그 아래는 나와 아내의 이름과 결혼이라고 해서楷書로 똑똑히 쓰어 있다.

나는 그것을 잡혀 쌀, 나무, 고기, 반찬거리를 사들고 집에 돌아왔다.

아내는 말없이 쌀을 받아 밥을 짓기 시작한다. 밥은 가마에서 소리를 내며 끓고 있다. 구수한 밥 냄새가 코를 찌른다. 그럴 때마다 나는 위가 꿈틀거리는 것을 느끼며 침을 삼켰다.

밥은 다 되었다. 김이 뭉게뭉게 떠오르는 밥을 가운데 놓고 우리 두 부부는 마주 앉았다.

밥을 막 먹으려던 아내는 나를 똑바로 쏘아본다.

"자, 먹읍시다."

미안해서 이렇게 권해도 아내는 못 들은 척하고는 나를 쏘아본다. 급기야 두 줄기 눈물이 천천히 아내의 볼을 흘러내렸다. 왜 저러고 있을까? 생각했던 나는 "앗!" 하고 외면하였다. 밥 먹는 데 무엇보다도 필요한 아내의 숟가락이 없음을 그제서야 깨달았던 까닭이다.

송몽규의 중국행

송몽규는 북간도 명동촌에서 명동학교 조선어 교사이던 송창희의 장남으로 태어났다. 몽규의 조부 송시억이 15세 때에 충청도로부터 연해주로 가다가 그 길목인 웅상에 주저앉아 보금자리를 틀었다.

송창희가 동주의 큰고모와 결혼하게 된 것은 동주의 어머니 역할이 컸다.

그가 결혼한 후 명동학교 교사가 되고, 훗날 명동중학이 폐교된 뒤에는 명동소학교에서 조선어와 양잠을 가르쳤다.

1916년 봄, 송창희는 명동촌의 유지인, 윤하현 장로의 큰딸 신영과 혼례를 올렸다. 양가가 기독교도여서 기독교식 신식 결혼식을 올린 것이다.

다음 해인 1917년 9월 28일 몽규가 태어나고 석 달 뒤인 12월 30일에는 동주가 태어났다. 몽규가 다섯 살 때, 송창희는 처가에서 독립해 따로 살림을 차렸다.

송창희 선생은 명동소학교 교사를 거쳐 7도구 소학교 교장을 지냈고, 송몽규가 서울의 연전에 다닐 무렵에는 대립자 촌의 촌장으로 있었다.

송몽규의 어릴 적 '한범'이란 이름은 또래 친구들에게는 몽규보다 더 정겨웠다고 한다.

"나에게 '몽규'란 이름보다 아직도 '한범'이란 이름이 더 정답게 다가온다. 같이 학교에 다니고 뛰어놀고 할 때, '한범'이라고 불렸기 때문이다. 한범인 머리 좋고 공부를 잘할 뿐 아니라 성격이 활달하고 매사에 적극적이어서 무슨 일이든지 한범이가 '이런 일을 하자'고 나서길 잘했고, 그러면 우리는 그대로 따랐다."

친구였던 김정우의 후일담이다.

몽규의 집은 동주의 집에서 개천 건너 커다란 기와집으로, 집 앞에 배나무 등 여러 과일 나무들이 있었다. 한범이 밑으로는 어린 여동생과 남매뿐으로, 그의 어머니는 한범이가 해달라는 대로 뭐든 해주는 자상한 분이었다.

한범이는 아이들 중에서 항상 리더였다. 5학년 때 동주 등과 '새 명동'이란 등사판 문예지를 발행했고 성탄절에 연극을 할 때에도

곧잘 감독 노릇을 하였다. 은진중학 시절의 송몽규는 조숙한 문학
소년으로서 중학생의 신분으로 성인과 겨루는 신춘문예에 응모했
고, 당선한 「숟가락」의 작품 내용도 조숙한 기법을 구사하고 있다.

송몽규는 은진중학교 제3학년을 수료한 그해에 중국으로 건너갔
다. 1931년 9월 18일 만주사변이 일어난 이후 중·일 간에 전투가
거듭되던 때였다.

중국 본토에서는 장개석의 1백만 대군이 벌이는 제5차 공산군
소탕전이 1년여 동안 계속되고 있었다. 이 피비린 내전은 공산군이
1934년 10월 16일부터 서쪽으로 대장정을 시작했으며, 11월 10일
에야 끝이 났다.

이 같은 격랑의 시기에 중국행은 그의 일생에 큰 영향을 미쳤다.

그 무렵 만주의 조선 학생들은 고국에서 공부하는 것이 큰 꿈이
었다. 송몽규가 길림을 거쳐 북경으로 갔을 때, 문익환은 평양 숭
실중학교로 가고, 두 친구를 부러워하던 동주는 어른들을 설득하여
1935년 9월에 뒤따라 숭실학교로 편입해 갔다.

그동안 송몽규의 중국행에 대한 비밀은 장막에 가려졌다가 송몽
규와 윤동주에 대한 일본특별고등경찰의 '엄비' 기록인 '취조문서'
가 일본에서 공개되어, 새롭게 조명받게 된 것이다.

송몽규는 1935년 4월 은진중학교 3학년 때 19세의 나이로 남경

에 잠복하고 있던 조선 독립운동 단체인 김구 일파를 찾아가 독립
운동에 참가할 목적으로 같은 해 11월까지 그곳에서 교육을 받았
다. 그러나 김구 일파의 내부 사정으로 인해 목적 달성이 어려운
것을 알게 되자 다시 제남 시에 있는 이웅이라는 독립운동가를 찾
아가 함께 독립운동을 펴려고 했으나 사찰 당국의 압박으로 목적
을 이루지 못하고 1936년 3월 부모 곁으로 돌아왔다.

위의 '취조문서' 중에 '…조선 독립운동단체인 김구 일파를 찾아
가…… 그곳에서 교육을 받았었다.'라고 기술되어 있으나 실은 '임
시정부 군관학교'에 가서 교육을 받은 것이다.

또 한 사람 송웅규의 증언이다.

"1936년 4월에 수감되었던 송몽규가 9월 중순에 본적지인 함북
웅기경찰서에서 풀려날 때 그의 신변 인수자로서 경찰서에 출두했
었다는 것이다. 그때 경찰서에서 집으로 돌아오는 길에 송몽규에게
'무슨 일로 체포됐느냐?'고 묻자 '임정 군관학교에 갔었기 때문'이
라고 대답했다."

게다가 일본 특고경찰의 극비기록 속에 보다 중요한 자료가 보
존되어 있었다.

제2차 세계대전에서 패망하기 전까지 일본 내무성 경보국은 각
종 정보 자료들을 정리, 극비로 발행하여 해당 기관에 배포했었다.

이런 문서들 속에 송몽규의 군관학교 관계기록이 들어 있었다.

여기 1936년에 검거한 각 한인 군관학교 학생들 38명의 명단이 실려 있는데, 이 검거 일람표 속에 '송몽규'가 들어 있었다.

첫째, 그가 갔던 군관학교의 명칭은 '낙양군관학교'였다. 그는 거기서 '김구파'에 속했었다.

둘째, 그는 본명 외에 왕위지, 송한범, 고문해 등의 가명을 사용했다.

셋째, 1936년 4월 10일 산동성의 성도인 제남에서 제남 주재 일본 영사관 경찰에게 검거됐다.

넷째, 1936년에 이미 일제 특고경찰의 블랙리스트에 올려져 있었다.

이 시기부터 송몽규가 '요시찰인'으로 감시되어 있었기 때문에 1943년 7월 교토에서 송몽규, 윤동주의 검거가 이루어진 것이다.

당시 송몽규는 중국 제남에서 일경에 체포되어 본국으로 압송된 후, 웅기경찰서와 청진 검사 측에 5개월여에 걸친 고초를 겪고 풀려났다. 그는 석방된 후 거주제한을 무시하고 북간도의 집으로 돌아와 요양하다가 1937년 4월에 용정 대성중학교 4학년으로 편입했다. 2년여 동안 중단했던 학업을 다시 잇게 된 것이다.

1935년 새 봄이 되자 급우들의 빈자리가 눈에 띄었다. 송몽규는 중국으로 가고 문익환은 평양 숭실중학교로 갔다. 윤동주도 문익환을 따라 평양으로 가고 싶었지만 어른들이 허락하지 않아 은진중학 4학년으로 진급했다. 그러나 숭실중학교에 대한 꿈을 저버릴 수 없어 4학년 가을 학기에는 진학하기로 어른들의 허락을 얻어냈다.

9월 1일 가을 학기가 시작되었다. 동주는 숭실의 편입시험에서 4학년이 아니라 3학년의 편입 자격만을 인정받은 것이다.

동주는 낙담한 나머지 누이 혜원에게 편지를 보내 "그들이 나를 제 학년에 넣어주지 않는다."라고 알렸다 한다.

그 소식에 노한 집안 어른들은 그의 시험 실패를 꾸짖는 편지를 동주에게 보냈다. 그 편지를 읽은 동주는 매우 괴로워했다. 그럴 것이 5개월 전만 해도 절친했던 문익환이 한 학년 위의 상급생이 된 것이다.

그러나 동주는 이를 참고 견디었다.

수년이 지난 1940년 12월의 일부가 적힌 「병원」에서 의사도 모르는 병을 드러내 놓고 있다.

살구나무 그늘로 얼굴을 가리고, 병원 뒤뜰에 누워, 젊은 여자가 흰옷 아래로 하얀 다리를 드러내 놓고 일광욕을 한다. 한나절이 기울도록 가슴을 앓는다는 이 여자를 찾아오는 이, 나비 한 마리도 없다. 슬프지도 않은 살구나무 가지에는 바람조차 없다.

나도 모를 아픔을 오래 참다 처음으로 이곳에 찾아왔다. 그러나 나의 늙은 의사는 젊은이의 병을 모른다. 나한테는 병이 없다고 한다. 이 지나친 시련, 이 지나친 피로, 나는 성내서는 안 된다.

여자는 자리에서 일어나 옷깃을 여미고 화단에서 금잔화 한 포기를 따 가슴에 꽂고 병실 안으로 사라진다. 나는 그 여자의 건강이 ─ 아니 내 건강도 속히 회복되기를 바라며 그가 누웠던 자리에 누워 본다.

윤동주는 의사도 알아내지 못하는 병을 가슴속에 지니고도 이 시련을 참아내야 한다고 쓰고 있다. 그의 회상록에는 이때의 일을 "만주 학제와의 차이로 1년 늦어지다."라고 그가 받았던 마음의 상처를 아리송하게 드러내고 있다.

훗날 윤동주를 깊이 연구하던 일본 와세다대학 오오무라 마스오 교수가 서울에 왔을 때다. 그가 서울에 머무르던 어느 날, 윤동주에 관한 이야기를 들으려고 문익환 목사를 찾았을 때 문 목사는 이같은 말을 했다.

"우리가 어려서 공부할 때의 성적을 보면 항상 넷이 선두 그룹이었어요. 송몽규, 윤동주, 윤영선, 나 이렇게 말입니다. 그중 윤영선은 후에 의사가 되었는데, 그저 공부만 열심히 하는 아이로 특출한 데가 없어 별 주목을 받지 못했어요. 송몽규, 윤동주, 나 셋의 관계가 미묘했죠. 나는 윤동주가 나보다 한 발 앞선 듯싶어 열등감을 느꼈고, 윤동주는 또 자기보다 송몽규가 한 발 앞선다는 것을 느껴 그에 대한 열등감을 갖고 있었어요. 몽규가 『동아일보』 신춘문예에 「숟가락」이 당선되었을 때 '대기는 만성이다.'라고 한 것도 곱씹어 보면 '지금은 내가 네게 뒤지고 있다'는 것을 인정한다는 것이죠. 그 친구 둘 다 재능 있는 친구들이었어요."

문 목사는 또 다음 말을 이어갔다.

"숭실 시절에 윤동주와 나와 또 다른 두 명, 모두 넷이 함께 찍은 사진이 아직도 있는데 그걸 보면 옛 생각이 새로워져요. 그 사진에서 내가 쓰고 있는 모자가 본래는 동주 것이고, 동주가 쓰고 있는 모자가 내 것이었죠. 그런데 동주가 내 모자를 욕심내는 바람에 바꿔준 거예요. 우리는 교모를 기성품으로 사서 쓴 게 아니라 모자 집에 가 맞춰 썼어요. 머리 둘레를 재고 각자에게 맞게 모자를 만들었죠. 그런데 내 모자는 반듯했는데 동주 모자는 좀 꾸깃하게 우그러진 모양으로 나왔어요. 동주가 그런 자기 모자를 싫어하고 내 모자를 탐내는 거예요. 그래서 '좋다. 내 모자가 그렇게 탐이 난다면 바꿔주겠다. 대신 호떡 사' 했더니, 그러자고 해서 같이 호떡집에 가서 호떡을 실컷 먹고 나서 모자를 바꿔 쓴 거예요."

그러면서 숭실중학 시절의 희부옇게 바랜 사진 하나를 꺼내 보였다.

그처럼 윤동주가 '꾸깃하게 우그러진 모자'를 싫어했던 심리를 헤아릴 수 있을 것 같다. 자신이 처한 일그러진 위상에 대한 자의식이 고통스러웠기에 그는 반듯한 모습, 흠이 없는 모습에 대한 갈망을 품었던 게 아닐까.

죽는 날까지 하늘을 우러러
한 점 부끄럼이 없기를,
잎새에 이는 바람에도
나는 괴로워했다.

그러기에 훗날 노래한 괴로움의 도저한 울림은 인간의 불안정서나 부끄러움에 대한 참회의 심상이었는지 모른다.

윤동주의 동시 세계

윤동주는 숭실에서 3학년 2학기와 3학기를 다녔다. 난생 처음으로 객지 생활을 하게 된 것이다. 북간도에서 평양까지의 교통은 여간 불편한 것이 아니었다. 용정에서 기차를 타고 두만강을 건너 상삼봉·화령·청진·원산을 거쳐 서울에 이른다. 서울에서 신의주행 기차를 타고 평안도로 거슬러 오르다 평양에 내리는 것이다.

숭실 생활은 그의 시 습작에 새로운 전기가 되었다. 그는 1936년부터 3년여 동안 주로 동시를 써냈다. 그가 다니던 평양 숭실중학이 폐교되자 용정으로 돌아가 광명학원 중학부에 전입하는데, 그는 이 시기부터 연희전문에 입학할 때까지 동시를 썼다.

당시 평양 숭실학교는 학생들이 신사참배를 거부하여 일제가 강제 폐교조치를 취한 곳이었다.

그는 1936년, 광명중학교 4학년에 편입되고 간도에서 발간되던 『카토릭 소년』지에 동주童舟라는 닉네임으로 동요를 발표하기 시작했다.

1933년 작 「편지」를 보자.

누나!
이 겨울에도
눈이 가득히 왔습니다.

흰 봉투에
눈을 한 줌 넣고

우표도 붙이지 말고
말쑥하게 그대로
편지를 부칠까요?

누나 가신 나라에
눈이 아니 온다기에.

이미 '눈이 아니 오는 나라'에 가버린 누나에 대한 그리움을 노래하고 있다. 그러기에 우표도 붙이지 말고 말쑥하게 편지를 부칠 수가 있는 것이다.

이같이 그의 시 전편에 흐르고 있는 그리움과 동경은 어디서 연유하는 것일까? 「편지」에서와 같이 그의 초기 작품에서 보이던 이미지는 점차 자취를 감추고, 그러한 그리움의 형상은 구체적인 모습을 드러내게 된다.

같은 해의 「굴뚝」역시 그리움의 모습이 구체적인 형상으로 나타나는데, 그것은 대낮의 산골 오막살이집 굴뚝에 솟는 연기를 통해 어린 시절의 추억이 되살아나고 있는 것이다.

산골짜기 오막살이 낮은 굴뚝엔
몽기몽기 웨인 연기 대낮에 솟나,

감자를 굽는 게지 총각애들이
깜빡깜빡 검은 눈이 모여 앉아서
입술에 꺼멓게 숯을 바르고
옛이야기 한 커리에 감자 하나씩,

산골짜기 오막살이 낮은 굴뚝엔
살랑살랑 솟아나는 감자 굽는 내.

그의 동시는 1936년에 가장 많이 씌어졌는데, 위의 두 작품 외에도 「눈」, 「참새」, 「버선본」, 「봄」, 「무얼 먹구 사나」, 「햇비」, 「빗자루」, 「기왓장 내외」, 「병아리」 등이며, 1935년엔 「조개껍질」이 있으며, 1938년 작으로는 유일하게 「산울림」이 있다.

이밖에 연도가 밝혀지지 않은 것은 「해바라기 얼굴」, 「귀뚜라미와 나와」, 「애기의 새벽」, 「햇빛·바람」, 「반딧불」, 「굴뚝」, 「거짓부리」, 「거울」 등이 있다.

「눈」에서는 어린 시절의 그리움이 듬뿍 담겨 있다.

지난밤에
눈이 소오복이 왔네.

지붕이랑
길이랑 밭이랑

추워한다고
덮어주는 이불인가 봐.

그러기에

추운 겨울에만 나리지.

그러나 그리움과 향수를 불러일으켰던 광명중학 시절도 졸업반
을 맞이하여 윤동주는 새로운 선택의 기로에서 고민하게 된다.

동주는 숭실학교에 두 학기밖에 안 다녔지만 그동안 학교 문예
지 편집을 맡았고, 그의 시 한 편이 실렸다. 갓 편입한 학생에게 그
일이 돌아간 것은 은진중학에서 먼저 숭실에 가 있던 이영헌이 문
예부장이 되면서 동주에게 그 일을 맡겼기 때문이다. 그때 동주는
문익환에게도 시를 써내라고 했다. 그래서 한 편 써냈더니 "이게
어디 시야." 하면서 되돌려 주었다.

그동안 동주는 관념적이며 현학 취미의 시작들을 선보이고 있었
다.

그 여름날
열정의 포플라는
오려는 창공의 푸른 젖가슴을
어루만지려
팔을 펼쳐 흔들거렸다.
끓는 태양 그늘 좁다란 지점에서.

....

푸르른 어린 마음이 이상에 타고,
그의 동경의 날 가을에
조락의 눈물을 비웃다.

— 「창공」의 일부(1935.10.20)

괴롬의 거리
회색 빛 밤거리를
걷고 있는 이 마음
선풍이 일고 있네
외로우면서도
한 갈피 두 갈피
피어나는 마음의 그림자.
푸른 공상이
높아졌다 낮아졌다.

— 「거리에서」의 일부(1935.1.18)

그런데 1935년 12월, 놀랍게도 동시 「조개껍질」을 썼다.

아롱아롱 조개껍데기
울언니 바닷가에서
주워온 조개껍데기.

여긴여긴 북쪽나라요
조개는 귀여운 선물
장난감 조개껍데기.

데굴데굴 굴리며 놀다
짝 잃은 조개껍데기
한 짝을 그리워하네.

아롱아롱 조개껍데기
나처럼 그리워하네
물소리 바닷물소리.

— 1935.12

이것은 윤동주가 쓴 최초의 동시다. 그 후로 봇물 터지듯이 그는 잇따라 동시를 쏟아낸다. 시에도 놀라운 변화가 일어났다. 이전의 관념적이며 현학적인 언어들은 씻은 듯이 사라지고 진솔한 감정을 평이한 언어로 구사하기 시작한 것이다.

「조개껍질」 이후의 「비둘기」를 보자.

안아보고 싶게 귀여운

산비둘기 일곱 마리

하늘 끝까지 보일 듯이 맑은 공일날 아침에

벼를 거두어 빤빤한 논에

앞을 다투어 모이를 주으며

어려운 이야기를 주고받으오

날씬한 두 나래로 조용한 공기를 흔들어

두 마리가 나오

집에 새끼 생각이 나는 모양이오.

― 1936.2.10.

그가 이렇게 큰 변화를 가져온 까닭은 어디에 있을까. 그는 『정
지용 시집』을 읽고부터 하나의 전환점을 맞게 된다. 이 시집은
1935년 10월 27일 서울 시문학사에서 출간된 정지용 시인의 제1시
집이다.

윤동주는 이 시집을 구입한 후 솜에 물이 빨려들 듯이 정지용 시

인의 시에 몰입되고 말았다. 뿐만 아니라 이후 윤동주의 동시들이
봇물처럼 쏟아져 나온 것이다.

정지용의 제1시집에는 시집의 압권이라 할 「압천」, 「향수」, 「카
페 프란스」 등이 실려 있다.

나는 자작의 아들도 아모것도 아니란다.
남달리 손이 희어서 슬프구나!

나는 나라도 집도 없단다
대리석 테이블에 닿는 내 뺨이 슬프구나!

오오, 이국종 강아지야
내 발을 빨어다오.
내 발을 빨어다오.

　　　　　　　　　　　　　　　　　　　　　－ 「카페 프란스」의 일부

윤동주는 『정지용 시집』의 영향을 받아 이전의 관념적이며 추상
적인 언어들을 버리고 평이한 언어로 진솔한 감정을 표출하는 새
로운 모습을 보이기 시작했다.

또한 그 무렵에 선보인 백석의 시집 『사슴』을 구하지 못한 그는

학교 도서관을 찾아 읽고, 그것을 손수 베껴서 필사본을 만들어 읽었다.

북도 사투리가 매력인 백석의 시 중에서도 그의 관심을 끌었던 작품은 초기의 「정주성」, 「여우난골 족」, 「가즈랑 집」을 비롯하여 「나와 나타샤와 흰 당나귀」를 유독 좋아하였다.

「나와 나타샤와 흰 당나귀」는 북방 정서가 시의 행간에 철철 넘치는 시다. 그의 시어에 나타난 특징 중 하나로 함경도 방언을 들 수 있는데, 백석의 시는 방언을 다루되 그 방언 속에 질박하고 정감 어린 향토성과 민족혼을 담아내고 있다. 그의 시는 낭만적인 정서를 지니면서 모더니즘의 기법을 구사하는 특이한 시적 변용을 보이고 있는 것이다.

가난한 내가
아름다운 나타샤를 사랑해서
오늘밤은 푹푹 눈이 나린다

나타샤를 사랑하고
눈은 푹푹 날리고
나는 혼자 쓸쓸히 앉아 소주를 마신다
소주를 마시며 생각한다

나타샤와 나는

눈이 푹푹 쌓이는 밤 흰 당나귀를 타고

산골로 가자 출출이 우는 깊은 산골로 가 마가리에 살자

눈은 푹푹 나리고

나는 나타샤를 생각하고

나타샤가 아니 올 리 없다

언제 벌써 내 속에 고조곤히 와 이야기한다

산골로 가는 것은 세상한테 지는 것이 아니다

세상 같은 건 더러워 버리는 것이다

눈은 폭폭 나리고

아름다운 나타샤는 나를 사랑하고

어데서 흰 당나귀도 오늘밤이 좋아서 응앙응앙 울을 것이다

　그의 시에는 쉼표나 마침표를 일체 사용하지 않고 있다. 본디 이
런 문장부호는 서구식 문장법에서 온 것으로, 그는 단호히 이를 배
제하고 있다. 여기서 '마가리'의 오막살이, '고조곤히'는 '고요히,
소리 없이'의 방언이다.

　「정주성」, 「여우난골족」, 「가즈랑집」은 1935~1936년, 「나와 나

타샤와 당나귀」는 1936~1940년 작이다.

어느 날 동주는 홀연 짐을 싸가지고 집에 돌아왔다. 귀성 인사를 하는 그에게 어머니는 놀란 눈으로 "아니, 방학도 아닌데 학교는 어떡하고 돌아온 거냐?" 하고 묻자,

"사람은 갇혀 살고 이리떼만 득실거리는 세상이니 숨어들 수밖에요."

"이리떼만 득실거려……."

"그래요 숭실중학교가 왜놈들의 신사참배 거부로 폐교될 지경입니다."

"저런 못된 놈들……. 나라를 좀먹더니 끝내 학교까지도 남겨 두질 않는 이리만도 못한 것들!"

어머니는 분에 겨워 흐르는 눈물로 옷소매를 적신다.

"어머니, 너무 걱정 말아요 무슨 수가 생길 테죠"

동주는 걱정을 덜어주려고 일부러 태연한 척했다.

"그래, 바람도 쏘일 겸 밖에 나가봐라. 네가 온 줄 알면 주일학교 아이들이 기뻐할 거다."

"그럼 주일학교에 다녀오겠어요"

동주는 밖으로 나와 주일학교를 향해 두 발을 내딛고 있었다.

이 주일학교는 교회당에 모여 야간 학습을 받는 곳으로 동주는

지난 방학 동안 그들에게 작문을 가르쳤던 것이다. 동주가 그들 앞에 나타나자,

"선생님!"

"선생님!"

아이들 한 무리가 우르르 그에게로 몰려든다.

"너희들 공부 잘했었니…… 내 얼마간 너희들을 가르쳐 줄 거다."

"야, 신난다!"

"선생님 오늘밤부터 가르쳐 주세요."

이렇게 떠드는 아이들에게 손을 흔들어 주고 그는 교회를 돌아나와 큰길로 향하는 동쪽 갯바위로 천천히 올라섰다.

「소년」(1939)이라는 시에서는 이때의 정경이 묘사된다.

여기저기서 단풍잎 같은 슬픈 가을이 뚝뚝 떨어진다. 단풍잎 떨어진 자리마다 봄을 마련해 놓고 나뭇가지 위에 하늘이 펼쳐 있다. 가만히 하늘을 들여다보려면 눈썹에 파란 물감이 든다. 두 손으로 따뜻한 볼을 쓸어보면 손바닥에도 파란 물감이 묻어난다. 다시 손바닥을 들여다 본다. 손금에는 맑은 강물이 흐르고, 맑은 강물 속에는 사랑처럼 슬픈 얼굴 ─ 아름다운 순이의 얼굴이 어린다. 소년은 황홀이 눈을 감아 본다. 그래도 맑은 강물은 흘러 사랑처럼 슬

픈 얼굴 — 아름다운 순이의 얼굴이 어린다.

조선총독부는 1925년 서울 남산에 조선신사를 완공했다. 그 후 '조선신사'를 '조선신궁'이라 고쳐 부른 뒤 전국 각지에 신사를 건립하였다. 1931년에 만주사변을 일으킨 뒤에는 '국민정신 총동원'이라는 구실로 한민족에게 신사참배를 강요하기 시작했다.

1935년 11월 평남 도지사 야스다케는 도내 공·사립 중등학교 교장 회의를 소집하고 참석자 일동의 평양신사 참배를 명령했다. 이때 기독교 학교에서 온 3명을 제외하고는 모두 그대로 따랐다. 미션계 학교인 평양의 숭실중학교 교장인 미국인 선교사 윤산온과 숭의여중 교사 대리 정익성, 그리고 순안의 의명중학교 교장인 선교사 리 Lee.n.m 등 3명은 교리상 참가할 수 없음을 밝히고 이에 불응하였다.

그 후 평남지사 야스다케는 세 학교 교장에게 끝까지 불응할 때는 단호한 조치가 있을 수밖에 없다고 으름장을 놓았다. 이리하여 일제 당국을 상대로 기독교 선교사들의 교리 수호 싸움은 가열차게 전개되었다.

이런 과정에서 순안 의명중학교는 신사에 참배하겠다고 하여 일단락되었다. 하지만 숭실과 숭의는 강력히 반발했다. 윤산온 숭실 교장은 '단연코 불응한다'는 답서를 평남지사에게 제출하였다.

그러자 평남도지사는 곧 숭실중학교 교장 인가를 취소하고, 총독부는 1936년 1월 26일 자로 윤산온의 숭실전문학교 교장직 인가를 취소하였으며, 같은 달 21일 자로 숭의여자중학교 교장 대리 스누크에게도 같은 조치를 취하였다.

윤산온 교장의 후임으로는 숭전 교수이던 정두현이 취임하고, 1936년 4월 새 학기가 시작하자 학생들의 큰 소요가 일고 동맹퇴학에 나서는 학생들이 나왔다. 윤동주, 문익환들도 이때 함께 자퇴하였다.

이런 격랑 속에 휩쓸리던 숭실은 1937년 10월 29일 제출한 폐교원이 1938년 3월19일 일제 당국에 의해 수리되어 40년 역사에 종지부를 찍었다.

훗날 윤동주와 같은 반이었던 김두찬은 광복회 고문 시절인 1982년 『동아일보』에 '혹독했던 신사참배 강요'라는 제목으로 당시를 회상했다.

"……서울 남산의 조선신궁 다음으로 크고 장엄하게 지었다는 평양신궁은 모란봉 산정 부근에 위치하고 있었다. 신궁에 오르기 위해서는 가파른 돌계단을 한참이나 올라야 했다. 돌계단을 오르고 있을 때 이미 참배를 마친 다른 학교 학생들이 찡그린 표정으로 계단을 내려오고 있었다. 숭실학교 참배 대열의 맨 꼴찌였다. 계단의 한가운데쯤 오를 때였다. 당시 5학년이던 학생장 임인식 형이 갑자기 '제자리 서, 뒤로 돌아'라고 고함쳤다. 학생들은 마치 일시에 전류가 통한 듯 '와' 하는 함성과 함께 그대로 돌계단을 뛰어내려오고 말았다. 그것은 이심전심의 무서운 결속이었다.

이 일로 인해 숭실학교의 조지 S 매퀸 교장(한국명 윤산온)은 다음 해인 1936년 1월 20일 파면됐다."

며칠 지난 2월 초였다. 윤 교장이 파면됐다는 소식에 방학 중인 학생들이 두셋씩 교정에 모여들었다. 새로 학생장이 된 유성복의 인솔로 교장을 내놓으라며 시위가 시작됐다.

일본 경찰들이 즉각 학교를 포위했다. 뒤이어 기마경찰도 달려왔다. 학생들의 기세가 거세어지자 일경들은 교문 안으로 들어왔다. 그러나 학생들의 기세는 당당했으며 수적으로도 학생들이 압도했다. 학생들이 우르르 달려들고, 육박전이 벌어졌다. 학생들은 그들의 모자와 옷을 벗겨 땅에 내팽개치고 칼도 뺏어 부러뜨렸다. 그날은 눈발이 내려 운동장을 덮은 하얀 설원 위에 닥치는 대로 그들을 메어꽂았다.

이 같은 소요로 인해 숭실학교는 무기 휴교가 되고 주동학생들이 피검되었다. 이 사건으로 윤동주는 광명학교로, 장준하는 선천의 신성학교로 옮겨갔다.

한때 무기 휴교되었던 숭실학교가 36년 9월에 다시 개학했으나 그 후로도 '참배 거부 맹휴', '휴교', '개학'을 거듭하다가 38년 3월

18일 숭실전문, 숭의여학교와 함께 폐교당하고 말았다.

윤동주가 숭실에서 보낸 마지막 시기에 쓴 시 「종달새」는 현실에 대한 좌절감이 서려 있는 자화상이다.

종달새는 이른 봄날
질디진 거리의 뒷골목이
싫더라
명랑한 봄하늘,
가벼운 두 나래를 펴서
요염한 봄노래가
좋더라.

그러나,
오늘도 구멍 뚫린 구두를 끌고,
훌렁훌렁한 뒷거리길로
고기 새끼 같은 나는 헤매나니.
노래와 노래가 없음인가
가슴이 답답하구나.

— 1936.3(평양에서)

1936년 4월 6일, 평양 숭실을 자퇴하고 용정으로 돌아온 윤동주와 문익환은 광명학원 중학부에 편입했다. 윤동주는 4학년, 문익환은 5학년으로 편입한 것이다.

숭실에서 광명으로 편입한 것을 두고 문익환은 훗날 '솥에서 뛰어 숯불에 내려앉은 격'이라고 풍자했는데, 그 말뜻을 알기 위해서는 용정의 사정을 알고 넘어가야 한다.

용정의 남자 중학으로는 기독교계의 은진, 민족주의계의 대성, 사회주의계의 동흥, 친일계의 광명 등 네 학교가 있었는데, 광명은 5년제 학제의 친일계 학교였다.

그런데 일제의 '신사참배' 거부로 평양 숭실을 자퇴한 그들이 스스로 친일계인 광명중학을 찾았으니 문익환은 그러한 일을 두고 이르는 말이었다.

숭실과 광명의 또 다른 차이는 언어 문제로, 숭실에서는 조선어로 수업했지만, 광명에서는 일어로 모든 수업이 이루어지고 있었다.

1936년 6월 10일자에 동주는 「이런 날」이라는 시를 썼다. 그가 숭실에서 광명으로 옮긴 지 두 달만의 작품인 셈이다.

이 시의 첫 연에 나오는 '오색기'와 '태양기'는 만주제국에서 국경일에 두 기를 나란히 문 양켠에 내걸었던 풍경을 그린 것이다. 첫 행의 '사이좋은 정문의 두 돌기둥'은 다름 아닌 광명중학의 교문 기둥이다. 일제와 만주제국의 축제일에 오색기와 태양기가 나란히 걸리고 거기 '금을 그은 지역의 아이들이 즐거워'하는 모순의 현실을 괴로워하면서 그는 '완고하던 형을/부르고 싶다'고 울분을 내쏟고 있다.

사이 좋은 정문의 두 돌기둥 끝에는
오색기와 태양기가 춤을 추는 날
금을 그은 지역의 아이들이 즐거워하다.

아이들에게 하로의 건조한 학과로
해말간 권태가 깃들고
'모순' 두 자를 이해치 못하도록
머리가 단순하였구나.

이런 날에는
잃어버린 완고한 형을
부르고 싶다.
— 「이런 날」

광명중학을 다니던 두 해 동안, 윤동주는 많은 작품을 쏟아냈다. 무려 시 12편과 동시 16편을 쓰게 되는데, 그는 동시에 더욱 열중

했던 것 같고 해를 넘기면서는 동시 6편, 시 15편으로 시의 비중이 커진 것을 엿볼 수 있다.

이 중에서 그는 5편의 동시를 연길에서 월간으로 나오는 어린이 잡지 『카톨릭 소년』에 발표했으며, '李童舟'라는 필명을 썼다.

다섯 편의 동시는 「병아리」, 「빗자루」, 「오줌싸개 지도」, 「무얼 먹고 사나」, 「거짓부리」로 거의 매달 발표하고 있으며, 「무얼 먹고 사나」, 「거짓부리」는 익살이 넘쳐나는 시로 그중 「거짓부리」를 보자.

똑, 똑, 똑
문 좀 열어 주세요
하룻밤 자고 갑시다.
　　밤은 깊고 날은 추운데
　　거 누굴까?
문 열어주고 보니
검둥이의 꼬리가
거짓부리 한 걸.

꼬기오, 꼬기오,
달걀 낳았다.

갓난이 어서 집어 가거라

　　갓난이 뛰어 가보니

　　달걀은 무슨 달걀,

고놈의 암탉이

대낮에 새빨간

거짓부리 한 걸.

이처럼 그가 동시에 열중한 것은, 『정지용 시집』의 영향이 컸기 때문으로 여겨진다. 그 시집은 89편의 시 가운데 제1부, 제2부는 초기 시편들이며, 제3부는 동요와 민요풍의 시, 제4,5부로 구성되어 있다.

윤동주의 시는 그중 제3부의 동요들에 크게 영향을 받은 것으로 추측되거니와, 그 익살스러움이나 감칠맛이 지용의 시에 비견할 만하다.

1937년 7월 7일은 일본 제국주의자들의 만행으로 '노구교사건'이 터진 날이다. 노구교 근처에 주둔해 있던 일본의 조작된 사건으로 중일전쟁이 일어나 중국대륙에 전운이 감돌던 때로, 윤동주가 5학년에 재학하던 무렵이었다.

이 시절 문학열은 절정에 이른 듯했고, 그의 친동생 일주의 증언이 밝혀주고 있듯이 그 시절 수많은 문학서적을 사 모았던 후일담이 나오고 있다.

"중학 시절 그의 서가에 꽂혔던 책 중에서 기억에 남는 것은 『정지용 시집』을 비롯해 변영로의 『조선의 마음』, 주요한의 『아름다운 새벽』, 양주동의 『조선의 맥박』, 이은상의 『노산시조집』, 윤석중의 동요집 『잃어버린 댕기』, 황순원의 『방가』, 『영랑시집』, 『을해 명시 선집』 등으로서, 그중에서 그가 계속 갖고 와서 서울에 두었기에 지금 나에게 보관되어 있는 것으로는 백석의 시집 『사슴』(필사본), 『정지용 시집』, 『영랑 시집』 등이다. 그것은 특히 애착을 갖고 있 었다는 뜻이 되겠다."

여동생 혜원의 회고담에도 윤동주는 중학생 시절 대단한 독서가 였다고 한다. 아우 일주가 작성한 '윤동주의 연보'에는 "광명중학 교 시절, 일본판 『세계문학 전집』과 한국 작가의 소설과 시를 탐독 하다. …한국 문학작품을 신문과 잡지에서 스크랩하다. 이상李箱의 작품을 스크랩하다."라고 쓰고 있다.

이 같은 문학적 열기에 못지않게 그를 압박해 온 것이 상급학교 진학 문제였다.

윤동주의 연희전문 지망에 대해서는 혜원의 증언이 있는데, 부친 은 오빠한테 이런 말을 자주 했다고 한다.

"내가 문학을 해봤지만, 문학이란 아무 쓸 데가 없더라. 이 시대에 네가 문학해서 뭘 해 먹고 살겠냐! 먹고살 궁리를 해야 하잖냐. 문학한다면 네가 기껏 '신문기자'란 말이다. 그러니 문학은 안 된다. 꼭 의과를 해라! 의과를 해야 먹고사는 게 걱정 없게 된단 말이다."

그는 일찍이 해외로 다니면서 문학 방면의 공부를 한 사람이다. 한때 명동학교 교사를 하는 등 다방면의 직업도 섭렵했지만 경제적으로는 늘 궁상을 면할 수가 없었다.

그의 말을 듣지 않고 고집을 세우는 동주와 부자지간에 팽팽히 맞서게 되자 조부가 나서게 된다. 동주 자신의 일이므로 제 뜻을 허락하라는 절충안이었다.

이 문제는 동주의 뜻대로 끝이 났다.

동주는 1937년 9월 수학여행으로 금강산과 송도 해수욕장을 다녀왔는데, 그때의 기행시로 「비로봉」과 「바다」 두 편의 시를 써냈다.

정지용의 「비로봉」과 이 시를 비교해 보면, 그의 정지용 경도가 얼마나 컸는가를 가늠할 수 있다.

백화수풀 앙당한 속에
계절이 쪼그리고 있다.

이곳은 육체 없는 요적한 향연장
이마에 스며드는 향료로운 자양!

해발 오천 피트 권운층 위에
그싯는 성냥불!

동해는 푸른 삽화처럼 옴직 않고
누리* 알이 참벌처럼 옮겨 간다.

연정은 그림자마저 벗자
산드랗게 얼어라! 귀뚜라미처럼.

— 정지용의 「비로봉」

만상萬象을
굽어보기란 —

무릎이
오들오들 떨린다.

---

* 누리는 우박을 뜻한다.

백화白樺*

어려서 늙었다.

새가
나비가 된다.

정말 구름이
비가 된다.

옷자락이
춥다.

— 윤동주의 「비로봉」(1937.9)

이 두 작품을 비교해 보면, 사물을 보는 시점, 언어 구조의 패턴
이 매우 흡사하다는 것을 느낄 수 있다.

1938년 2월 17일 윤동주가 광명중학을 졸업하고 서울의 연희전
문 시험을 치르러 갈 당시를 떠올리며, 혜원은 '할아버지가 대단한
분'이었다고 회상했다.

---

* 백화는 자작나무를 뜻한다.

"오빠가 서울로 떠날 무렵이 되니까 할아버지가 오빠에게 자꾸 단단히 타이르셨다. '너 이젠 그저 열심히 공부해서 꼭 고등고시를 쳐라. 거기 합격해서 성공하도록 해라. 그리고 장가가면 공부 못하게 되니, 절대 일찍 장가갈 생각은 말아라. 그저 열심히 공부해서 꼭 고등고시에 합격해야 한다.'라고 하셨다."

이 같은 할아버지의 당부를 귀담아들은 척했지만, 동주의 내심을 움직일 수는 없었다. 당초 문과 지망으로 '고등고시'에 합격하기란 불가능한 일이었기 때문이다.

그즈음 송몽규는 웅기경찰서에서 석방되어 요양에 힘쓰다가 그해 4월 대성중학 4학년에 편입해 있었다. 이 학교는 4년제였으므로 졸업반이 되자 몽규는 '연전 문과'를 지망하게 되고 그의 부모들도 이의가 없어 그의 진학 문제는 순조로웠다.

동주와 몽규는 어깨를 나란히 서울로 향하고, 둘 다 연전 문과에 무난히 합격했다. 1938년 초봄의 일로, 북간도에서 연희전문에 입학한 학생은 이 둘뿐이었다.

그 둘은 상경해서 집에는 여름과 겨울 방학 때만 다녀갔다.

동주는 방학 동안 집에 돌아오면 소꼴도 베고, 물도 긷고, 때로는 할머니와 마주 앉아 맷돌도 갈아 주었다.

"그래, 늬 들었다는 기숙사는 불편하지는 않냐?"

"몽규와 같이 있어서 조금도 객지 같지 않아요"

"그건 잘됐다만 여럿이 복작거려 늬 성미에 공부가 잘될지 원."

본디 말수가 적고 남 앞에 나서기를 좋아하지 않는 성미이기에 할머니가 염려해서 하는 말이었다.

"학교 분위기도 마음에 들어 훨씬 공부가 잘되고 있어요."

단짝인 몽규뿐 아니라 그의 주변에는 동화를 쓰는 엄달호, 판소리에서 내로라하는 김삼불, 떠벌이 김문웅, 영어에 능한 강처중, 한혁동 등이 노상 들락거리고, 허웅, 이순복, 유영, 박창해들이 기숙사에 모여 어두운 나라 걱정과 문학 얘기에 시간 가는 줄을 몰랐다.

동주는 방학 중에도 시흥이 일어나면 곧잘 종이쪽에 옮겨 적었으며, 불붙는 독서열 때문에 집안일을 한껏 도와 드리지 못한 것을 안타까워했다.

그러다가도 그는 스스럼없이 베옷을 입은 채 소를 몰고 들길로 나가 풀을 놓아먹였다. 그럴 적에 나무에 기대앉아 릴케나 발레리의 시집을 읽느라 시간 가는 줄 몰랐다.

해가 뉘엿뉘엿 지는 석양 때면 습관처럼 하던 산책길에 일주의 손을 잡고 가로수 길을 거닐다가 희미한 밤하늘에 반짝이는 초록별을 보고 아련한 상념에 잠기는 것이었다.

동주는 연희전문에 다니면서 독서 범위도 무척 늘어갔다. 그가 방학 때 짐 속에 부쳐 오는 책이 8백여 권이 넘도록 책 모으기에 지성이었다. 구독하던 잡지는 『문장』, 『인문평론』, 『세르빵』 등이며, 시지로 『사계』, 『시와 시론』, 『흑과 백』 등이다.

네 벽을 빼곡히 메운 서가에는 『현대조선문학전집』, 『조선고전문학전집』, 『세계문학전집』(일어판)과 그가 평소 즐겨 읽던 발레리시 전집, 릴케 시집, 프랑스 시집 등 평소 애독하던 책들이 꽂혀 있다.

그는 신작로를 걷다가도 부역하는 아낙네들과 정다운 말 한마디 나누고 싶어 하고, 골목길에서 노는 아이들을 붙잡고 씨름도 하였다. 방학에서 돌아오면 한 포기의 들꽃도 그대로 지나치기가 아쉬운 듯 따서 가슴에 꽂거나 책장 갈피마다 나뭇잎을 꽂아두었다.

동주는 이처럼 한 포기 풀잎에 이는 바람에도 마음을 앗기고 어두운 시대에 사는 아픔을 짓씹으면서도 표정은 늘 호수처럼 잔잔하고 맑았다.

그의 기숙사 시절에는 김덕준이 한방에 들고 있었는데, 축구를 하던 덕준이 곤한 잠에 빠져들 때도 그는 밤새 불을 켜놓고 무엇인가를 써 내리고 있었다.

어쩌다 그가 잠에서 깨어 일어나 앉으면,

"내가 불을 켜놔서 잠을 못 자는 거지?"

동주는 미안해하며 말했다.

그러나 여느 때 덕준은 그에게 더 많은 불편을 주었고, 거친 성격 탓으로 그의 마음을 흔들어 놓는 일도 있었다. 게다가 덕준의 집안 형편이 넉넉지 못한 것을 알고 이것저것 도와주고 동갑내기인데도 형처럼 자상스럽게 대해 주었다.

그즈음 연전 축구부에는 뛰어난 선수들이 많아 덕준은 후보 선수에 끼일 정도인데 동주의 자극을 받아 학업에 매진하려던 참이었다.

그러나 워낙 기초가 덜된 그이기에 좋은 성적을 올리는 것은 기대하기 어려웠다. 덕준이 머리를 싸매고 책과 씨름하면서 좌절감에 빠져 있을 때,

"열심히 해. 결과도 중요하지만 해본다는 의지, 그 과정이 중요한 거야."

동주는 쓰다듬듯 타일러 주었다.

그러던 어느 날 밤 서대문서에서 왔노라며 형사가 그들의 방으로 들이닥쳤다.

"윤동주, 북간도 용정촌 출신 맞지?"

"네……."

동주는 담담히 대답했다.

"송몽규와는 어떤 사이인가? 친척이 된다고? 아니 사상적으로 은밀한 내통을 하고 있다지?"

형사는 살기 띤 눈으로 이것저것 유도신문을 해왔다.

"몽규는 고종형이고 연희 문과반에서 함께 동인지를 내는 것 외에는 다른 접촉은 없습니다."

"그래, 조선 독립에 대한 모의 사실에 대해서는 꽁무니를 빼겠지. 그걸 자백받기 위해서 자네를 연행하러 온 거야. 자, 따라와."

아닌 밤중에 홍두깨 격으로 동주는 그 길로 연행되어 가고, 일경은 그의 일기며, 갖가지 노트, 책 등 한 보따리를 압수해 갔다.

그가 서대문 경찰서에 끌려갔을 때 몽규는 이미 연행되어 문초를 받는 중이었다.

"출생지는?"

"만주국 간도성 지신촌입니다."

"은진중학 재학 시 명희조 선생한테 무슨 학과를 배웠지?"

"동양사, 한국사, 한문 등입니다."

"그밖에 배운 것은?"

"앞의 세 과목입니다."

"이 새끼, 고문을 당해봐야 실토하겠나. 빨리 자백하지 못 해!"

그들이 캐묻는 명희조는 동경 제대 출신으로서 해박한 지식과 겨레 사랑으로 학생들에게 존경을 받던 선생이었다. 그는 강의 중에도 민족의식을 고취시키는 데 누구 못지않게 열성을 보인 교사였다. 몽규는 고등계 데라우치 형사의 야멸찬 욕설을 들으며 그와의 관계에 대해 호된 추궁을 받았다.

실은 몽규가 3학년인 19세 때 명희조 선생으로부터 극비 지령을 받고 중국의 김구 선생을 찾은 일이 있기는 했다.

1935년 4월의 일이다.

당시 남경에 잠복 중이던 조선 독립운동가인 김구를 찾아가 그해 11월까지 그곳에 머문 적이 있었다.

그러나 독립 단체의 내부 사정으로 그는 다시 제남 시에 있는 독립운동가 이웅을 찾아가 독립운동에 참여하려 했으나 여기서도 왜경의 감시 등쌀에 뜻을 이루지 못한 채 이듬해 봄 집으로 돌아왔다.

그 후 아버지와 친척의 권유로 몽규는 영사관 경찰 대립자 분주소에 자수하여 본적지인 웅기경찰서에서 신문을 받고 석방되었다.

그는 남경과 제남에 머무를 때, 김구파와 김원봉파가 대립하여 통일전선을 펴지 못한 것을 보고 조선 민족의 결점인 분열적인 당파성과 낮은 문화 수준이 한심스러웠다. 그래서 그는 이러한 민족의 결함을 시정하기 위해서는 먼저 정신문화를 향상하고 민족의식을 드높이는 일이 선결 과제라고 확신하게 되었다.

몽규와 동주가 은진중학 시절부터 서로 뜻을 모으고, 연전에 입학한 후로는 문학 동인회를 중심으로 이러한 민족의 계몽운동에 나설 것을 은밀히 추진해 왔던 것이다.

그러나 오래지 않아 일제가 추진하던 민족문화말살정책의 강화로 각급 학교에서 조선어 수업이 폐지되고 일본어 교육을 강제하기에 이르렀다.

이러한 일제에 저항하기 위해 동급생인 송몽규, 윤동주, 백인준, 강처중 등이 수차례에 걸친 의논 끝에 합펑회 등을 가졌다.

서슬이 널름한 고등계 형사반에서는 이들의 활동을 뿌리 뽑기 위해 예비검속의 이름으로 문학회 동인들을 연행했다.

뜻밖에 연행되어 경찰서 유치장에서 하룻밤을 뜬눈으로 지샌 동주를 취조실에 끌어낸 형사는 협박조로 을러멨다.

"송몽규는 이미 독립운동에 발을 들여놓았던 사상범이다. 그러한 자와 지금까지 행동을 같이 해왔으니 윤동주 너도 조선 독립을 소망하는 것과 다름없다. 일테면 우범성 사상범이란 말야. 게다가 조선말로 시를 쓴다는 것은 조선의 혼을 아직도 간직하고 있다는 증거야. 그런 실증으로 자네가 쓴 「유언」이라는 시를 보여줄까."

형사는 입수해 온 노트 속에서 그의 시를 읽어 내렸다.

훤한 밤에
유언은 소리 없는 입놀림.

— 바다에 진주 캐러 갔다는 아들

해녀와 사랑을 속삭인다는 맏아들,
이 밤에서 돌아오니 내다봐라 —

평생 외롭던 아버지의 운명殞命
감기는 눈에 슬픔이 어린다.

외딴 집에 개가 짖고
휘영청 달이 문살에 흐르는 밤.
                    — 1937.10.24.

1935년 1월 8일자의 「거리에서」는 뚜렷한 의식에서의 눈뜸 —
즉 거리의 광풍 속으로 뛰어드는 시인의 선혈이 어린 작품이다.

달밤의 거리
광풍이 휘날리는
북극의 거리
도시의 진주
전등 밑을 헤엄치는
조그만 인어 나,
달과 전등에 비쳐

한 몸에 둘 셋의 그림자,
커졌다 작아졌다.

괴롬의 거리
회색빛 밤거리를
걷고 있는 이 마음
선풍이 일고 있네
외로우면서도
한 갈피 두 갈피
피어나는 마음의 그림자,
푸른 공상이
높아졌다 낮아졌다.

— 1935.1.18

연희전문 조선문학 동인들이 서대문서에 갇혀 며칠째 돌아오지
않자, 덕준은 동주의 속옷과 사식을 마련해 가지고 서에 들러 면회
를 신청했다.

물론 면회는 될 리 없고 물품조차 받아주지 않았다.

"고코쿠 신민이 못 되고 비국민이 돼서 잡아 온 거야. 비국민을
면회하러 온 놈도 잘못하면 어찌 된다는 걸 알고 있지?"

살기등등한 고등계 형사의 독사 같은 지껄임에 덕준은 피가 머리끝까지 솟구쳤으나 두 주먹을 부르쥔 채 그대로 돌아설 수밖에 없었다.

'지옥에나 떨어질 놈들!'

그는 혼자 속으로 이렇게 중얼거리며 기숙사를 향해 무거운 발걸음을 놓아 갔다.

며칠 후 고된 문초를 겪고 나온 동주는 핼쑥한 모습에도 기개는 죽지 않고 살아 있었다.

"이미 주사위는 던져진 것 - 주어진 길을 걸어가야겠어. 죽는 날까지 하늘을 우러러 한 점 부끄럼 없이 살아갈 거야."

연전 1학년이 끝날 즈음 덕준은 동주와 한 기숙사 방에서 헤어졌다.

동주는 여느 때 산책을 즐겼다.

그는 기숙사 생활을 하는 동안 같은 클라스의 박창해와 곧잘 서강 들녘을 거닐었다. 동주는 때로 혼자서 이곳을 거닐며 시상을 다듬었다.

그는 고독에 잠겨 있을 때 싱거운 말을 건네는 친구가 있어도 빙그레 웃어 보이고는 그 자리를 슬그머니 물러섰다.

그의 산책은 서점 순례로도 이어졌다.

아침 식사 전에는 홍제 뒷산 중턱까지 산행을 즐겼다. 세수는 맑

은 산골 물 어디서나 할 수 있었다. 학교 강의가 끝난 후에는 명동의 책방들을 찾아 나설 차례였다. 지성당, 일한서방, 마루젠, 군서당 등 신간서점과 고서점을 두루 돌고 나면 후유노야도冬の宿나 남풍장 같은 음악다방에 들러 새로 구입한 책을 펼치며 형언키 어려운 흥분에 빠져들기도 했다.

귀로엔 명동에서 걸어 을지로를 지나 청계천을 건너 관훈동의 고서점을 돌아 거리에 전등이 켜질 때쯤 하숙으로 돌아왔다.

연전 캠퍼스

윤동주가 연전에 입학할 즈음엔 이미 일제 통치가 막을 내릴 징후를 드러내고 있던 시기였다.

1937년 7월에 중국 본토에서 중일전쟁이 일어나자, 조선총독부는 별안간 서울의 등화관제를 실시하면서 전시 분위기를 조성하였다.

다음해 2월 들어서는 조선의 젊은이들을 대상으로 '조선육군지원법령'을 공포한 데 이어 5월에는 '일본국가총동원법'을 공포하는 등 전시체제로 몰아넣고 있었다.

나라 밖에서 독일의 독재자 히틀러의 나치가 오스트리아를 독일에 병합시킨 것도 같은 시기였다.

나라 안팎으로 파시즘, 나치즘의 광대들이 나서 살육과 억압의 광기가 동서 온 누리를 너울거리고 있었다.

이렇게 암운이 감돌더니 연전의 조선어 교수인 최현배 선생에게도 불똥이 튀었다. 다름 아닌 '흥업구락부 사건'이 벌어지자 외솔 최현배 교수도 이 사건에 연루되었다 하여 치안 당국의 압력으로 교수직을 내놔야 했다. 그러자 학교에서는 외솔을 '도서관 촉탁'으로 임명하여 계속 학생에게 강의하도록 했다.

윤동주의 입학 동기인 유영 교수는 그때의 모습을 이렇게 회상했다.

"이러한 때에 연희 동산을 찾아오는 이들은 다 제각기 뜻이 있어 온 젊은이들이었다. 학생들이 그러한 정신에서 찾아왔고, 교수역시 우리 겨레의 학문과 정신을 지도하는 유명한 인사들이었다는 것은 말할 나위 없다. 특히 언더우드 일가의 개교 정신이며, 또 선교자 측의 정신적인 뒷받침도 이 학원의 발전과 학문 연구에 큰 밑받침이 되었다. 그러니까 동주는 꿈에 그리던 학원으로 청운의 뜻을 품고 온 것이다. 혼자 온 것이 아니라 고종사촌인 송몽규와 더불어 왔다. 혈연관계가 있기도 하겠지만 얼굴도 비슷하고 키도 비슷해서 마치 쌍둥이 같았다. 같은 환경에서 같은 학원에 왔으니까 자연 학창생활도 같은 길을 걸었다. 처음에는 지금 시비가 세워진 뒤쪽 기숙사에서 같이 지냈다. 그런데 성격은 완전 반대라 할 수 있다. 동주는 얌전하고 말이 적고 행동이 적은 데 반해 몽규는 말이 거칠고 떠벌리고 행동반경이 큰 사람이었다. 그러면서 시를 같이 공부하고 창작도 같이 했다. 그러한 성격은 시에서도 나타나 좋은 대조를 이뤘다. 그러나 그러한 성격 차이가 한 번도 어떤 불화나 틈을 벌리게 한 것을 나는 일찍이 듣지도 보지도 못했다. 말하자면 동주는 외유내강의 형이라고 할까. 대인 관계가 그렇게 유순하고 다정하고 또 재미스러울 수 없는데, 그 지조라든지 의지는 감히 누구도 어찌 못할 굳고 강한 것이었다. 당시 친구들로는 동요, 동화 등으로 많이 활약을 하던 엄달호가 있었고, 또 판소리에 먼저 손을 댄 김삼불, 늘 밖으로만 나돌던 풍류객 김문응, 영어에 도사라고 할 한혁동, 강처중이 있고, 오늘의 한글 석학인 허웅, 현 한양대 영문학 교수 이순복 등 그밖에 지금 보아도 지도적인 인물들이 많이 자리를 함께하여 강의를 듣고 공부했다. 지금 연세 과학관 자리가 논이었고 그 위에 잔디가 있었는데 우리들은 틈만 있으면 거기 모여 앉아서 잡담과 논쟁으로 낭만의 꽃을 피웠다. 외솔 선생의 '우리말본' 강의를 들었을 때 우리는 얼마나 감격했고 또 영광스러웠고 연희 동산이 얼마나 고마운 곳인가를 뼈저리게 느꼈다. 동주가 얼마나 그 강의를 열심히 들었는지, 항상 앞자리에 앉던 동주의 모습이 지금도 눈에 선하게 떠오른다. 하경덕 교수의 영문법 강의는 숙제 발표로 우리를 적잖이 골렸는데 동주 역시 상당히 시달림을 받았다. 나중에 서로 이야기한 일이지만 그렇게 하 교수가 밉더니 지금은 그렇게 고마울 수가 없다고 고백했다. 이양하 선생의 강의는 또 다른 면에서 동주에게 많은 영향을 주었다고 생각된다. 그분은 스스로 수필을 쓰시고 시도 좋아하시어 당시 몇몇은 평론이며 시를 써서 그분의 지도와 조언을 받았다. 동주 역시 자주 접촉하여 지도를 받은 바 있다. 말이 서투르고 더디면서도 깊이 있는 강의, 무게 있는 강의에 모두 머리를 숙였다. 들어가면서 바로 우리는 그분과 더불어 언더우드 동상 앞에서 기념사진을 찍었다. 그리고 누구보다 동주를 울렸고 우리 모두를 울린 선생이 있는데, 그분이 바로 손진태 교수다. 손 교수께서 역사 시간에 잡담으로 퀴리 부인 이야기를 하신 것이다. 퀴리 부인이 어렸을 때 제정 러시아하에서 몰래 교실에서 폴란드말 공부를 하던 때 마침 시학관이 찾아와 교실을 도는 바람에 모두 폴란드말 책을 책상 속에 집어넣었다. 손 선생은 이 이야기를 소개하시고 자신이 울며 손수건을 꺼내자 우리들도 모두가 울음을 터뜨려 통곡했다."

윤동주가 연전에 입학한 후 처음으로 쓴 시는 「새로운 길」이다. 이 시는 경쾌한 리듬이나 제재에서 새로운 행보를 시작한 젊은이의 산뜻한 율조를 느낄 수 있다.

내를 건너서 숲으로

고개를 넘어서 마을로

어제도 가고 오늘도 갈
나의 길 새로운 길

민들레가 피고 까치가 날고
아가씨가 지나고 바람이 일고

나의 길은 언제나 새로운 길
오늘도…… 내일도…….

내를 건너서 숲으로
고개를 넘어서 마을로

— 1938.5.10.

그는 입학한 한 해에 「새로운 길」을 비롯하여 8편의 시와 「산울림」 등 5편의 동시, 「달을 쏘다」라는 수필 1편을 써냈다. 넘쳐나는 기염을 토하는 작업으로, 「달을 쏘다」에서는 그의 기숙사 생활의 편린을 엿볼 수 있어 흥미롭다.

번거롭던 사위가 잠잠해지고 시계 소리가 또렷하나 보니 밤은 적이 깊을 대로 깊은 모양이다. 보던 책자를 책상머리에 밀어 놓고 잠자리를 수습한 다음 잠옷을 걸치는 것이다. "딱" 스위치 소리와 함께 전등을 끄고 창녁의 침대에 드러누우니 이때까지 밝은 휘영청 달밤이었던 것을 감각지 못하였다. 이것도 밝은 전등의 혜택이었을까.

나의 누추한 밤이 달빛에 잠겨 아름다운 그림이 된다는 것보다도 오히려 슬픈 선창이 되는 것이다. 창살이 이마로부터 콧마루, 입술, 이렇게 하여 가슴에 여민 손등에까지 어른거려 나의 마음을 간지르는 것이다. 옆에 누운 분의 숨소리에 밤은 무시무시해진다. 아이처럼 황황해지는 가슴에 눈을 치떠서 밖을 내다보니 가을 하늘은 역시 맑고 우거진 송림은 한 폭의 묵화다. 달빛은 솔가지에 쏟아져 바람인 양 쏴─ 소리가 날 듯하다. 들리는 것은 시계 소리와 숨소리와 귀또리 울음뿐 벅적이던 기숙사도 절간보다 더 한층 고요한 것이 아니냐?

나는 깊은 사념에 잠기우기 한창이다. 딴은 사랑스런 아가씨를 사유할 수 있는 아름다운 상화도 좋고, 어릴 적 미련을 두고 온 고향에의 향수도 좋거니와 그보담 손쉽게 표현 못할 심각한 그 무엇이 있다.

바다를 건너온 H군의 사연을 곰곰 생각할수록 사람과 사람 사이의 감정이란 미묘한 것이다. 감상적인 그에게도 필연코 가을은 왔나 보다.

…(중략)

발걸음은 몸뚱이를 옮겨 못가에 세워 줄 때 못 속에도 역시 가을이 있고, 삼경이 있고, 나무가 있고, 달이 있다.

그 찰나 가을이 원망스럽고 달이 미워진다. 더듬어 돌을 찾아 달을 향하여 죽어라고 팔매질을 했다. 통쾌! 달은 산산이 부서지고 말았다. 그러나 놀랐던 물결이 잦아들 때 오래잖아 달은 도로 살아난 것이 아니냐, 문득 하늘을 쳐다보니 얄미운 달은 머리 위에서 빈정대는 것을……

나는 꼿꼿한 나뭇가지를 골라 띠를 째서 줄을 메워 훌륭한 활을 만들었다. 그리고 좀 탄탄한 갈대로 화살을 삼아 무사의 마음을 먹고 달을 쏘다.

─ 『학풍』 1949.7, 8월호

수필 「달을 쏘다」는 정인섭 선생이 냈던 과제물이었다.

이밖에도 연전 1학년 시절에 쓴 시 여덟 편은 앞에 나온 「새로운 길」 외에 「이적」, 「슬픈 족속」, 「사랑의 전당」이 있는데, 이 세 편의 시가 유독 관심을 끌게 한다.

「사랑의 전당」을 보자.

순아 너는 내 전에 언제 들어왔던 것이냐?
내사 언제 네 전에 들어갔던 것이냐?

우리들의 전당은
고풍한 풍습이 어린 사랑의 전당

순아 암사슴처럼 수정눈을 내리감아라
난 사자처럼 엉클린 머리를 고루련다.

우리들의 사랑은 한낱 벙어리였다.

성스런 촛대에 열한 불이 꺼지기 전
순아 너는 앞문으로 내달려라.

어둠과 바람이 우리 창에 부닥치기 전
나는 영원한 사랑을 안은 채
뒷문으로 멀리 사라지련다.

이제 네게는 안개 속의 아늑한 호수가 있고

내게는 험준한 산맥이 있다.

— 1938.6.19.

이 '순'이는 「사랑의 전당」에 「소년」, 「눈 오는 지도」에서도 고유명사 아닌 보통명사로 쓰고 있다. 그런데 우리의 관심을 끄는 것은, 그가 이루지 못한 사랑을 되풀이 노래하고 있는 점이다.

1939년에 쓴 산문시 「소년」에 나오는 '순이'나 그보다 더 여운을 남기는 「눈 오는 지도」에 나오는 '순이' 등은 실제 사랑의 대상이 아닌 상상 속의 여성으로서 나타나고 있는 것이다.

윤동주가 용정에서 사귄 여자는 없는 듯싶다. 이것은 당숙 윤영춘의 증언 「명동촌에서 후쿠오카까지」에서도 말하고 있다.

"동주는 얼굴이 잘생겨서 거리에 나가면 여학생들이 유심히 그의 얼굴을 보기도 하고 여자로부터 말을 건네받는 경우도 있었다. 하나 수줍은 그는 한 번도 여자를 거들떠보지 않았다."

그런 그에게 어머니는 서울 유학 이후 연애결혼을 은근히 권했다. 하지만 지금까지 그의 여성 관계에 대해서는 이렇다하게 밝혀진 것이 없다. 훗날의 1976년에 이르러 정병욱이 쓴 회고담 「잊지 못할 윤동주의 일들」에서 그는 연전 시절의 삽화를 이야기한다.

이야기의 발단은 졸업반이던 윤동주와 그가 기숙사를 나와 누상동의 김송 작가 댁에 하숙을 들었을 때 고등계 형사들의 등쌀에 못 이겨 하숙을 북아현동으로 옮기게 된 데서 비롯된다.

"이 북아현동에는 동주 형의 아버님 친구로서 전에 교사를 하다가 전직을 하여 실업계에 투신한 지사志士 한 분이 살고 계셨다. 동주 형은 그분을 매우 존경했고 가끔 그분 댁을 찾기도 했다. 그런데 그분의 따님이 이화여전 문과의 졸업반이었고, 줄곧 협성교회와 케이블 목사 부인이 지도하는 바이블 클래스에도 같이 참석하고 있었다. 동주 형은 물론 나이 어린 나에게 그 여자에 대한 심정을 토로한 적은 없었다. 그러나 그 여자에 대한 감정이 결코 평범하지 않았다는 것만은 피부로 느낄 수 있었다. ……그러니 내가 아는 한 동주 형과 그 여학생이 밖에서 만난 일은 없었다. 매일 같은 기차역에서 같은 차로 통학했으며, 교회와 바이블 클래스에서 서로 건너다보는 정도에서 그쳤지마는 오가는 눈길에서 서로 마음만은 주고받았는지 모를 일이다."

위의 회고담대로라면, 윤동주의 시 「사랑의 전당」에 나오는 '우리들의 사랑은 한낱 벙어리였다'의 시구가 이해된다.

1939년 그가 2학년 초부터는 작품발표에 관심을 갖기 시작했다. 당시 『조선일보』에는 '학생란'이 있어 투고한 작품 중 실린 학생에겐 '신문구독권' 1개월 또는 2개월 치를 고료 대신 보내주었다. 윤동주는 수필 「달을 쏘다」와 연전 1학년 때의 시 「아우의 초상」

과 「유언」(1939) 등 세 편을 '尹東柱' 또는 '尹柱'란 이름으로 『조선일보』 학생란에 발표했다. 이것이 인연이 되어 『소년』 편집인인 윤석중 동요시인을 만났으며, 처음으로 원고료를 받게 된다.

윤동주는 연전 입학 후 4학년 때까지는 3년 동안 줄곧 기숙사 생활을 했던 것으로 알려져 있다.

먼저 1학년 때의 시 「아우의 인상화」를 음미해 보기로 하자.

붉은 이마에 싸늘한 달이 서리어
아우의 얼굴은 슬픈 그림이다.

발걸음을 멈추고
살그머니 앳된 손을 잡으며
늬는 자라 무엇이 되려니

'사람이 되지'
아우의 설은 진정코 설은 대답이다.

슬며시 잡았던 손을 놓고
아우의 얼굴을 다시 들여다본다.

싸늘한 달이 붉은 이마에 젖어
아우의 얼굴은 슬픈 그림이다.

아우 일주의 손을 잡고 산을 오르거나 들길을 거닐 때 아우에게 쏟았던 정이 절절히 느껴진다.

윤동주는 2학년 때 기숙사를 나와 하숙 생활을 했으며, 3학년 때 다시 기숙사에 들어갔다가 4학년에 오르면서 정병욱과 하숙 생활로 들어갔다. 입학 동기 유영은 말한다.

"동주는 아현동에서 하숙을 했었지요. 그러다 후에 서소문으로 이사했어요. 그때엔 혼자 하숙했던 걸로 기억합니다. 서소문 하숙집은 옛날 서소문구청 자리 근처였는데, 그때만 해도 거긴 꼭 시골 같은 곳이었지요. 앞에 조그만 개울이 흐르고 있고, 근처에 우물도 있었어요. 바로 동주의 시 「자화상」의 배경이 된 우물이지요"

그즈음 신촌과 서울역 간에는 연희역, 아현역, 서소문역이 있었다. 동주는 통학에 편리한 지역으로 하숙을 옮겨 다녔다.

동주의 시 가운데 빼놓을 수 없는 「자화상」과 우물에 대해 살펴보자.

산모퉁이를 돌아 논가 외딴 우물을 홀로 찾아가선
가만히 들여다봅니다.

우물 속에는 달이 밝고 구름이 흐르고 하늘이
펼치고 파아란 바람이 불고 가을이 있습니다.

그리고 한 사나이가 있습니다.
어쩐지 그 사나이가 미워져 돌아갑니다.

돌아가다 생각하니 그 사나이가 가엾어집니다.
도로 가 들여다보니 사나이는 그대로 있습니다.

다시 그 사나이가 미워져 돌아갑니다.
돌아가다 생각하니 그 사나이가 그리워집니다.

우물 속에는 달이 밝고 구름이 흐르고 하늘이
펼치고 파아란 바람이 불고 가을이 있고
추억처럼 사나이가 있습니다.

　　　　　　　　　　　　　　　　　　－ 1939.9

이 「자화상」의 배경을 두고 두 가지 설이 나와 있다.
그 하나는 이 작품의 배경이 되는 우물이 고향 명동집의 수 십

길 깊이의 우물이라고 추정한 것이다.

이와 다른 견해는 유영 교수가 말하는 서소문 하숙집 근처의 우물이라고 주장하고 있다.

그 첫째 이유로서는, 이 「자화상」이 쓰여진 것이 1939년 9월로, 시인의 서소문 시절과 비슷한 시기이다.

다음, 명동집의 우물은 수십 길 되는 우물로서, 그렇게 깊은 우물에서는 얼굴이 물 위에 비칠 수 없어 작품에서 보는 정서가 우러나기 어렵다는 것이다.

그럼 이쯤 해서 위의 두 주장을 잠시 접어두고 '윤동주의 1939년' 시절을 익히 아는 라사행 목사의 추억담을 들어볼 필요가 있다.

라사행 목사는 그 시절 같은 북아현동에 살고 있던 정지용 시인 댁을 찾아갔다고 회상했다.

"동주가 연전에 입학하여 기숙사에 있을 때, 일요일이면 내가 연전 기숙사로 놀러가기도 하고 동주가 우리 감신 기숙사로 놀러오기도 해서 자주 만났어요. 그런데 1939년에는 동주가 기숙사를 나와서 북아현동에서 하숙을 했었어요. 그래서 그리로도 놀러갔었지요. 그때의 일인데 역시 북아현동에 살고 있던 시인 정지용 씨 댁에 동주가 가는데 같이 동행해서 갔던 일도 있습니다. 정지용 시인과 시에 관한 이야기를 주고받은 것으로 기억합니다."

여기서 본 바와 같이 윤동주는 정지용 시인 댁을 방문하여 그를 만난 일이 있었다는 것이다.

그 무렵 송몽규도 기숙사를 나와 같은 북아현동에서 하숙 중이었다.

이를 뒷받침해 주는 유력한 증언으로 윤동주의 글에 그가 기숙사를 나와서 하숙하게 된 동기가 적혀 있다.

사건이란 매양 큰 데서보다 작은 데서 일이 벌어지게 마련이다.

눈 오는 날이었다. 같이 기숙하는 친구의 벗 하나가 한 시간 가량 차 시간을 기다리기 위해 그 친구를 찾아와 이야기를 나누던 중이었다.

"자네, 이 기숙사 귀신이 되려는가?"

"조용한 분위기에 공부하기 좋잖은가."

"그래, 책장이나 뒤적이면 공부인 줄 아나. 전찻간에서 바라볼 수 있는 광경, 정거장에서 맛볼 수 있는 광경, 기차 속에서 대할 수 있는 일상사가 생활 아닌 것이 있나. 생활 속에서 듣고 보고, 생각하는 이거야말로 진정한 의미의 공부가 아닌가. 자네 책장만 뒤지고 인생이 어떻느니 사회가 어떻느니 하는 것은 16세기에서나 하는 일일세. 문안으로 나오도록 마음을 돌리게나."

동주에게 하는 권고는 아니었으나 이 말에 귀띔이 뚫려 과연 그 말에도 일리가 있다고 생각했다.

여기서 1938년이라는 이 한 해가 우리나라 문학사에 어떤 위상을 차지하는가 한번 뒤돌아볼 필요가 있다.

그해 7월에 한글학자 문세영이 『우리말본』을 최초로 내고, 김광섭이 시집 『동경』을 발간했다. 다음 해 2월에 문예지 『문장』이 창간된 이후 여러 시인들이 다투어 시집을 펴냈다. 김상용의 『망향』, 박용철의 『시집』, 김광균의 『와사등』, 김기림의 『태양의 풍속』, 신석정의 『촛불』, 장만영의 『축제』, 유치환의 『청마시초』 등이 잇따라 쏟아져 나왔다.

윤동주는 이런 시집들을 밤새워 읽었다. 신석정의 시에서 윤동주의 영향을 엿볼 수도 있다.

같은 해 그가 쓴 6편의 작품 중, 앞서 보기를 든 「자화상」 외에 「투르게네프의 언덕」이 있다. 이것은 시집 초간본을 낼 때 '수필'로 분류된 후 그것이 통념으로 여겨 왔으나, 이를 산문시로 보는 견해도 있다. 이런 견해를 주장하는 데에는 투르게네프의 '산문시'가 있기 때문이다.

그 일부를 적어 본다.

나는 고갯길을 넘고 있었다. …… 그때 세 소년 거지가 나를 지나쳤다. 첫째 아이는 잔등에 바구니를 둘러메고, 바구니 속에는 사이다병, 간즈메통, 쇳조각, 헌 양말 쪽 등 폐물이 가득하였다.

둘째 아이도 그러하였다.

셋째 아이도 그러하였다.

텁수룩한 머리털, 시커먼 얼굴에 눈물 고인 충혈된 눈, 색 잃어 푸르스름한 입술, 너덜너덜한 남루, 찢겨진 맨발.

아아 얼마나 무서운 가난이 이 어린 소년들을 삼키었느냐!

나는 측은한 마음이 움직이었다.

나는 호주머니를 뒤지었다. 두툼한 지갑, 시계, 손수건, …… 있을 것은 죄다 있었다.

그러나 무턱대고 이것들을 내줄 용기는 없었다. 손으로 만지작만지작거릴 뿐이었다.

다정스레 이야기나 하리라 하고 "애들아" 불러 보았다.

첫째 아이가 충혈된 눈으로 흘끔 돌아다볼 뿐이었다.

둘째 아이도 그러할 뿐이었다.

셋째 아이도 그러할 뿐이었다.

그리고 너는 상관없다는 듯이 자기네끼리 소곤소곤 이야기하면서 고개로 넘어갔다.

언덕 위에는 아무도 없었다.

짙어 가는 황혼이 밀려들 뿐 —

— 1939.9

이 「투르게네프의 언덕」은 수필이나 산문이기보다는 한 편의 산문시다. 일찍이 널리 알려진 투르게네프의 산문시 「거지」와 매우 흡사한 작품이다. 분명 이는 「거지」에서 영감을 얻어 그와 같은 형식을 빌어 써낸 작품이다. 이 시에서 놓쳐서는 안 될 것은, 신랄한 풍자 정신이다.

다시 말하면 그와 같은 거지에 대해 동정의 마음을 움직이되 자신의 지갑을 털어 줄 만한 행동은 보이지 않는 곧 인간의 가식과 헛된 이웃 사랑을 비웃고 풍자한 것이다.

현대시에서 볼 수 있는 날카로운 풍자시의 수법을 엿보게 된다. 윤동주 시의 또 하나의 전기가 오고 있다는 징후라고도 하겠다.

왜냐하면, 윤동주는 이 산문시 이후 1940년 12월까지 절필을 하게 되는데, 여기에 대한 탐구가 뒤따라야 한다.

그러면 이 기간에 대체 무슨 일이 일어난 것일까.

우리가 주목할 것은, 1939년 11월 10일에 공포된 '조선인의 창씨개명령'이다. 이 시행령 개시는 1940년 2월 11일로 된 것이다.

1939년 8월 26일 새로 부임한 미나미 총독은 '황국신민의 서사'를 각급 학교에 암송하게 하고 조선어 교과를 철폐시키는 등 조선의 문화를 뿌리째 뽑으려는 공작에 나선 것이다. 실제로 1940년 전국 초등학교에서 가르치던 '조선어 교본'을 일제히 철폐시켰다. 이때 입학했던 학생들은 1945년 8월 15일 조선이 해방되자 우리말을 일상어로 쓰면서도 한글을 모르는 문맹이 되어 한글을 배우느라 무척 고심했던 기억이 있을 것이다.

유럽에서는 이해에 제2차 세계대전의 막이 오르고 있었다.

일제의 마수는 조선어 폐지, 창씨개명에 그치지 않고 한국어 일간지 『조선일보』와 『동아일보』가 8월 10일자로 폐간당했다.

이 엄청난 회오리가 몰아친 1940년은 윤동주가 연전 3학년을 맞는 해다.

그해에 윤동주는 다시 기숙사로 들어갔다. 그해 초봄에 그의 광명중학 2년 후배인 장덕순이 연전 입학시험을 치르러 상경했을 때, 윤동주의 기숙사를 찾아왔다.

정병욱은 장덕순과 한 반으로 연전에 입학한 후 기숙사에서 윤동주를 알게 되어 줄곧 심금을 털어놓는 사이가 되었다.

정병욱은 그때를 회상한다.

"내가 동주를 알게 된 것은 연희전문학교 기숙사에서였다. 그는 연희전문학교 문과에서 나의 두 반 위인 상급생이었고, 나이는 다섯 살이나 위였다. 그는 나를 아우처럼 귀여워해 주었고, 나는 그를 형으로 따랐다. 기숙사에 있으면서 식사 시간이 되면 으레 내 방에 들러서 나를 이끌어 나가 식탁에 마주 앉았기로 나는 식사 시간이 늦어도 그가 내 방에 노크할 때까지 그를 기다리곤 했었다. 신입생인 나는 모든 생활의 대중을 동주로 말미암아 다져 갔고, 시골뜨기 땟물이 동주로 말미암아 차차 벗겨져 나갔다. 책방에 가서 책을 뽑았을 때에도 그에게 물어보고야 책을 샀고, 시골 동생들의 선물을 살 때에도 그가 골라주는 것을 사서 보냈다. 그는 곧잘 달이 밝으면 내 방문을 두들기고 침대 위에 웅크리고 누워있는 나를 이끌어 내었다. 연희 숲을 누비고 서강들을 꿰뚫는 두어 시간 산책을 즐기고야 돌아오곤 했다. 그 두어 시간 동안 그는 별로 입을 여는 일이 없었다. 가끔 입을 열면 고작 '정형, 아까 읽던 책 재미있어요?' 하는 정도의 질문이었다."

윤동주가 신앙에 회의를 느낀 것도 이 시기였다.

앞서도 말했듯이, 그는 기독교 장로의 집안에서 태어나 유아세례를 받았으며, 은진중학교 시절부터 교회 주일 학교 교사가 되어 어린이들을 가르쳤다. 연전 시절에도 방학이면 용정에 돌아가 하기 성경학교에서 아이들을 가르치던 그가 연전 3학년 때에 이르러 신앙에 회의를 느끼기 시작한 것이다.

그 무렵의 동주에 대해 친구 문익환의 회고담을 들어보자.

"그에게도 신앙의 회의기가 있었다. 연전 시대가 그런 시기였던 것 같다. 그런데 그의 존재를 깊이 뒤흔드는 신앙의 회의기에도 그의 마음은 겉보기에는 여전히 잔잔한 호수 같았다."

그 무렵 기숙사에 같이 들었던 후배 정병욱에 대한 관심과 애정도 흠결 없이 이어지고 있었다.

소설가 김송 댁

윤동주는 4학년이 되던 봄, 정병욱과 종로구 누상동 마루터기에 하숙을 들었다.

동주는 새로 하숙에 들어 그 집 막내아들 진규와 양견 포인터를 유달리 귀여워했다.

학교에서 돌아와 시간이 나면 그는 꼬마 진규와 어울려 철없는 장난을 하거나 자신의 동요를 들려주었다.

진규는 동요 「병아리」를 외울 때면 좋아라고 손뼉을 치며 응석을 부렸다.

삐, 삐, 삐,
엄마 젖 좀 주

병아리 소리.

꺽, 꺽, 꺽,
오냐 좀 기다려
엄마 닭 소리.

좀 왔다가
병아리들은
엄마 품속으로
이다 들어갔지요

그가 동요를 읽어주면 좋아 날뛰면서 진규 스스로도 「겨울」이라
는 동요를 한 자 틀림없이 외웠다.

처마 밑에
시래기 다래미
바삭바삭
추어요

길바닥에

말똥 동그래미

달랑달랑

얼어요

그런데 동주가 병욱과 함께 새로운 하숙에 들어, 그 집이 소설가 김송 댁임을 알게 된 것은 한참 뒤의 일이었다.

어느 날 낯선 방문객이 집주인을 찾아들었다. 『춘추』지의 기자 이근영이라고 자기소개를 하면서 문간방의 동주에게 물었다.

"이 집이 누상동 9번지 김 씨 댁입니까?"

"맞습니다만……."

"이번 김 선생의 작품이 발표되고 고료가 나왔기에 뵈러 왔습니다."

"네? 그러니까 소설 쓰시는 김송 선생이셨군요."

"그것도 모르고 이 집에 사십니까."

핀잔을 주는 방문자의 말에 동주는 도리어 무색할 지경이었다. 한솥밥을 먹는 자신이 아직까지 주인의 직업을 모르고 있었으니, 그것도 시인을 자처하는 자신이 작가인 김송 선생을 모르고 있었으니 말이다.

이근영은 『동아일보』에 농민 소설을 발표한 신진 작가였다. 이것이 인연이 되어 김송과 이근영은 이후 깊은 우정을 나누게 된다.

『춘추』지의 사장은 양재하이고, 이근영은 편집장의 직책을 맡고 있었다.

김송은 서울로 야간 탈출을 하기 전, 함흥에 있을 때 「앵무새」라는 단편을 보낸 적이 있었는데, 그것이 발표되어 뜻하지 않은 원고료가 생긴 것이다.

그 바람에 신바람이 난 김송 댁에서는 조촐한 술자리가 마련되고 문학 방담이 흥겹게 벌어졌다. 이근영이 돌아가자 동주는 김송 선배에게 정중히 사과했다.

"미처 몰라 뵈어 죄송합니다. 소설을 쓰시는 줄을 오늘에야 알았습니다."

이로부터 두 사람의 친분은 깊어 갔다.

어느 날 시인 이용악이 김송 댁을 찾은 일이 있었다. 그는 『인문평론』 한 묶음을 김송에게 내밀면서 뇌었다.

"형도 알다시피 이 잡지도 『국민문학』으로 둔갑하여 볼 장 다 봤으니 이제 고향으로 내려가 죽쳐 지낼까 하오."

그가 건네는 『인문평론』의 특집호에는 김송의 희곡 「농월弄月」이 실려 있었다.

이렇게 술잔이 오가는 중에 동주는 이용악 시인과의 초대면이 이루어지고, 어딘지 방랑인의 체취가 풍기는 그에게서 북방의 정취를 물씬 느끼는 것이었다.

훗날 이용악은 『인문평론』을 그만두고 고향인 함흥에 내려가기 바쁘게 기다렸다는 듯이 고등계 형사에게 붙들려 유치장 신세를 겪어야 할 운명이었다. 그에게도 진즉 요시찰인 대상으로 예비 검속령이 기다리고 있었던 것이다.

암울한 날 동주는 「간판 없는 거리(1941)」를 써 놓고 소리 없이 흐느낀다.

정거장 플랫폼에
나렸을 때 아무도 없어,

다들 손님들뿐,
손님 같은 사람들뿐,

집집마다 간판이 없어
집 찾을 근심이 얼어

빨갛게
파랗게
불붙는 문학도 없이

모퉁이마다
자애로운 헌 와사등에
불을 켜놓고,

손목을 잡으며
다들, 어진 사람들
다들, 어진 사람들
봄, 여름, 가을, 겨울
순서로 돌아들고

— 1941

김송은 고향인 함흥에서 <문예좌>라는 연극 단체를 만들어 대표자로 일하고 있었다.

당시 왜경은 그들의 동향을 감시하면서 방공 방첩을 소재로 한 시대극의 상연을 종용했었다.

"시대가 시대니 만큼 문예극도 좋지만, 방공 방첩물을 상연하여 국민 의식을 높여야 하지 않갔소"

그 시절 일본 군국주의자들은 이른바 대동아공영권이라는 허울 아래, 식민지로 만든 한반도를 교두보로 만주와 중국으로 군대와 물자를 보내고, 조선의 학도들을 징병과 징용으로 내몰던 서슬이 날름한 때였다. 그러나 김송은, "우리 문예좌는 순수한 문학인들의 모임이므로 시대적인 소재는 다루지 않소" 하고 그들의 요구를 물리쳤다.

이것이 화근이 되어 감시의 눈초리는 날카로워지고, 독 묻은 손톱을 들이대기 시작했다. 그에 견디지 못한 일부 회원들은 그들이 지시하는 대로 움직일 기미를 보였으나, 김송은 끝내 타협을 거부하고 서울로 밤 봇짐을 싸고 말았다.

그가 처음 터를 잡은 누상동은 뒷산이 인왕산 마루터기로, 이웃 동네에는 이기영, 엄흥섭, 안회남, 이주홍, 임서하, 박세영이 살고 있었다.

그들은 일제 말의 어두운 분위기 속에서 가끔 술집에 얼굴을 맞대고 회포를 푸는 날이 많았다.

"이제 한글마저 폐지하려고 드니 붓을 꺾을 수밖에 없겠구료"

이기영이 더는 소설을 쓸 수 없노라 푸념하자, 박세영도 어두운 낯빛을 숨기지 못했다.

"시도 그만 써야 할 것 같소 우리의 아름다운 언어와 혼을 표현해 낼 수 없다면 그만 거두는 것이 낫겠소"

모두들 울분을 참지 못해 이런 말을 주고받으며 어눌진 나날을 보내야 했다. 문학인들에게 등불처럼 깜빡이던 잡지 『문장』이 휴간을 하게 되고, 『인문평론』은 『국민문학』으로 제호가 바뀌어 친일

문학지로 전락해 갔다.

그래도 한글 잡지로는 『춘추』와 『야담』의 두 잡지가 꺼져가는 겨레의 명맥을 잇고 있었다. 김송은 『춘추』지에 단편 「앵무새」를, 『야담』에는 「봉화금」이라는 중편을 연재하는 등 소설가로 발돋움 하던 때였다.

날마다 방공 대피 훈련을 한다고 성화를 해대고 공출 헌납이라 는 이름으로 유기그릇과 놋대야 등을 닥치는 대로 휩쓸어 가던 판 이었으나, 문인끼리 모이면 천렵도 가고, 단골 술집도 드나들었다.

김송은 다섯 가족으로 유치원 보모로 가던 아내 조성녀와의 사 이에 2남 1녀를 두고 있었다. 그의 집은 방이 세 개 있는데, 널찍한 안방은 아내와 아이들이 쓰고 자신은 건넌방을 차지했다.

문간방은 비어 있었다. 그 문간방에 동주와 정병욱이 하숙에 들 었던 것이다.

나중에야 하숙 든 윤동주가 시를 쓰는 문학도임을 알게 된 김송 은 인왕산 중턱에 있는 치마바위에 함께 산책을 나다니게 되었다.

치마바위에 올라앉으면 서울이 한눈에 내려다보이고 바로 마주 한 남산, 그 건너 관악산이 바라보여 시원한 조망이 좋았다.

이 치마바위는 또 애절한 사연을 간직한 곳이기도 하다.

지난날 중종이 폐출된 윤비를 못 잊을 때면 궁궐 뜰로 걸어나와 인왕산 중턱의 치마바위를 넋 잃고 바라보았다는 전설이 있는 곳으로, 그래서 치마바위라고 불렸다는 것이다.

그럴 때면 윤비는 멀리서나마 자신의 모습을 바라볼 수 있도록 궁전 뜰에서 눈에 잘 띄도록 치마바위 위에 자신의 치마를 펼쳐 놓아 변함없는 사모의 정을 중종에게 알리었다는 것이다.

또한 이 치마바위 언저리에는 제갈공명을 모시는 와룡당이 있었다.

봄이면 인왕산 벚꽃은 눈이 황홀하게 피어나고, 그 아래에는 한가한 한량과 젊은이들이 창을 하며 산놀이를 즐기기로 유명했다.

김송 작가와 산책 나온 동주는 치마바위에 걸터앉아 한동안 사색에 잠겨 있더니 무겁게 입을 열었다.

"현재 조선 시단의 경향을 김 선생님께서는 어떻게 보십니까?"

"글쎄, 시에 대해선 잘 모르지만 윤 군을 만나 보니 옛날 쓰던 시를 다시 쓰고 싶은 충동을 느껴요."

"김 선생은 처음 희곡을 쓰시다가 소설로 전향하신 걸로 알고 있습니다만……."

"그래요. 소설이라는 장르가 희곡보다는 자유롭고 체질에 맞아 이걸 택한 것 같아요."

"우리 시단의 동향에 대해서 말씀해 주세요."

"잘 아시겠지만 경향시와 민족의식을 고취하는 시는 쇠퇴 일로에 있고 지금은 현실 도피적인 시가 그나마 명맥을 유지하는 듯싶

구료."

"참, 우리 문학이 암담합니다."

동주는 먼 산을 바라보면서 한숨을 길게 내쉬었다.

이때는 이미 우리 문학사상 최대의 암흑기로 일본 군국주의는 독 묻은 손톱을 내밀어 조선의 글과 얼을 말살하려는 조짐을 보이기 시작했다.

조선문인협회는 1939년 10월 이광수, 김동환, 이태준, 박영희, 유진오, 최재서, 김문집 등 7명으로 결성되었다.

그 후 이광수, 김억, 김상용, 정지용, 최재서, 정인섭 등이 조선총독부 시오하라 학무국장의 초대를 받고 조선문인협회 발기를 논의했었다. 이 협회의 발기 취지는 현역 문인의 대동단결과 비상시국하의 어용 단체 현안이었다.

이 같은 조선의 문학 암흑기에도 끝까지 작가적 지조를 지켰던 문인들도 적지 않았으니, 변영로, 오상순, 황석우와 조선어학회에 관계했던 이병기, 이희승 등과 한용운, 김영랑, 한흑구 등은 어용 문단과 등을 돌렸으며, 이육사는 몸소 일제와 싸우다 목숨을 내던졌다.

이 시기 뜻있는 문인들은 절필했으며, 김기림도 붓을 꺾고 고향으로 낙향했다.

윤동주는 일제의 마수가 회오리치는 어두운 시대를 「무서운 시간」(1941.2)이라는 작품으로 남겼다.

거 나를 부르는 것이 누구요

가랑잎 이파리 푸르러 나오는 그늘인데,
나, 아직 여기 호흡이 남아 있소

한 번도 손들어 보지 못한 나를
손들어 표할 하늘도 없는 나를

어디에 내 한 몸 둘 하늘이 있어
나를 부르는 것이오

일을 마치고 내 죽는 날 아침에는
서럽지도 않은 가랑잎이 떨어질 텐데……

나를 부르지 마오

하루는 이 시를 보였더니, 김송은 담담한 심정으로 물었다.
"어지러운 세상에 계속해서 시를 쓸 생각이오?"

"저는 현실의 질곡이 아무리 가혹하다 해도 시만은 놓지 않으려고 합니다. 하지만 우리가 이런 현실에서 살며 시를 써 가야 한다는 것은 큰 불행입니다."

이처럼 암울한 상황에서도 동주는 자신의 의지를 굽히지 않으며, 어둠 저쪽에 기어이 여명이 밝아 오리라는 신념을 굽히지 않으며 「새벽이 올 때까지」(1941.5)를 대화 형식으로 속삭이듯 노래했다.

다들 죽어 가는 사람들에게
검은 옷을 입히시오

다들 살아가는 사람들에게
흰옷을 입히시오

그리고 한 침대에
가지런히 잠을 재우시오

다들 울거들랑
젖을 먹이시오

이제 새벽이 오면

나팔 소리 들려올 게외다.

이렇게 달포가량 지난 어느 토요일, 동주는 홀연 북아현동으로 하숙을 옮겼다.

이 북아현동에는 동주의 아버지 친구 되는 분이 살고 있었다. 그는 교사를 하다가 전직하여 실업계에 투신하고 있는 지사로서, 동주는 그분 댁을 가끔 찾았다.

안개에 가려 있는 '순이'

동주 아버지 친구 되는 권 씨 딸 순이는 이화여전 문과 3년생이 었고, 동주와는 바이블 클래스에 같이 참석하고 있었다.

이러한 암울한 시기에도 그의 연희전문 시절은 그의 생애에서 소중한 한때였다.

방학을 맞아 용정에 돌아온 동주는 그의 광명중학 2년 후배인 장덕순에게 연전을 자랑삼아 이야기한 것을 「윤동주와 나」라는 글에서 회고하고 있다.

"동주는 나를 데리고 해란강가를 거닐면서 문학 공부의 필요성을 강조하고, 문학을 공부하려면 자기가 다니는 학교가 가장 적당하다는 것을 역설하기도 했다. 문학은 문학사상의 기초 위에 서야하는데 연희전문학교는 그 전통과 교수, 그리고 학교의 분위기가 민족적인 정서를 살리기에 가장 알맞은 배움터라는 것이다. 당시 만주 땅에서는 볼 수 없는 무궁화가 캠퍼스에 만발했고, 도처에 우리 국가의 상징인 태극 마크가 새겨져 있고, 일본말을 쓰지 않고, 강의도 우리말로 하는 '조선문학'도 있다는 등 나의 구미를 돋우는 유혹적인 내용의 이야기를 차분히, 그러나 힘주어서 들려주었다. 내가 한국문학에 뜻을 두게 된 것은 개화의 선구이신 조부님과 형인 요한의 영향에서 비롯되었지만, 문학 공부를 위해서 연희전문학교의 문과에 적을 두게 된 것은 오로지 동주의 권고에 따른 것이었다."

장덕순의 형 요한은 윤동주의 은진중학 동창으로 친근했던 사이다.

윤동주는 1938년 연전에 입학한 후 더는 동시를 쓰지 않고 「새로운 길」 등 8편의 풍성한 시를 써냈다. 그 밖에 「사랑의 전당」, 「이적」, 「슬픈 족속」 등 이채로운 작품을 남기고 있다.

이 중 「사랑의 전당」에 나오는 '순이'는 고유명사 아닌 보통명사로 쓰고 있어 상상 속의 여성상으로 등장하고 있는 것이다.

그가 용정에서는 사귄 여자가 없는 것으로 알려져 있다.

그런데 그의 대표작 중 하나로 꼽히는 「별 헤는 밤」의 제5연에는 그가 소학교적 중국 아이들과 같이 공부했던 이국 소녀들의 이름들이 나온다.

어머님, 나는 별 하나에 아름다운 말 한마디씩 불러 봅니다. 소학교 때 책상을 같이했던 아이들의 이름과, 패佩, 경鏡, 옥玉, 이런 이국 소녀들의 이름과, 벌써 애기 어머니 된 계집애들의 이름과, 가난한 이웃 사람들의 이름과, 비둘기, 강아지, 토끼, 노새, 노루, 프랑시스 잠, 라이너 마리아 릴케, 이런 시인의 이름을 불러 봅니다.

여기 나오는 패, 경, 옥이가 그런 이름들이다. 특히 그의 시에 나오는 '순' 또는 '순이'는 어떤 고유명사이기보다는 보통명사로 표현되고 있다.

연전에 입학한 후 윤동주는 여름과 겨울방학이면 으레 새로 구입한 책 수십 권을 미리 부치고 북간도 집에 돌아왔다.

그가 서울에 있을 때의 서신 왕래는 누이 혜원이 도맡아서 했다. 그런데 동주는 누이동생이 보낸 편지에서 맞춤법이나 잘못된 문장을 붉은 글씨로 고쳐서 자신이 회답할 때 되돌려 보냈다. 그만큼 아우와 누이동생에 대해 자상하고 조금도 소홀함이 없었다.

누이 혜원은 이렇게 회상하고 있다.

"오빠는 우리에게만 잘하셨던 게 아니에요. 대학생 신분이면서도 방학 때 집에 오면 할아버지의 삼베 한복을 척 걸쳐 입고는 할아버지를 도와 소먹이 닭 모이 등을 만들기도 하고 산으로 소를 먹이러 가기도 했지요. 소는 본래 우리가 기르는 게 아니라 송아지를 사서 소 기를 사람에게 주었다가 후에 나누어 오는 그런 소였어요. 그런데 소 기르는 집에서 소를 너무 부려서 여위어지면 할아버지께서 소를 쉬게 하고 살을 올려야겠다며 끌고 오셔서 우리가 먹인 거지요. 정말 성품이 그럴 수 없이 인자하고 부드러운 분이었어요. 처음엔 의과를 안 간다고 언짢아하셨던 아버지도 서울의 연전 학생인 오빠가 귀향하자 몹시 자랑스러워 하셨지요. 첫 여름방학에 오빠가 귀향해서 교회고 어디고 여러 어른들께 인사드리러 다닐 때 사각모자를 안 쓰고 나가면 아버지는 냅다 소릴 지르시는 거예요. '모자 쓰고 가라!'라고요. 그러면 오빠는 마지못해 쓰고 나가서는 길에서 담 안으로 던져 버리고 가거나 바지 뒷주머니에 찔러 넣고 가더군요. 하하……"

그런가 하면 이런 해프닝도 있었다. 동주는 동생 일주에게 매달 『조선일보』에서 발행하는 『소년』이란 어린이 잡지를 사서 부쳐 주었다. 집에선 이 『소년』이 오면 동생들이 먼저 보려고 서로 다툴 정도로 좋아했다. 그런데 방학을 맞아 같이 돌아온 송몽규로부터 뜻밖의 이야기를 들은 것이다.

동주가 동생들에게 『소년』 잡지 등 문학 책들을 보내 주는 걸

안 부친이 동주에게 "그런 책들 보내지 말아라. 네 동생까지 문학가를 만들려고 그러는 거냐."

이렇게 꾸짖는 편지를 보냈다는 것이었다.

그 편지를 기숙사에서 같이 보았노라고 송몽규가 말했다.

"야. 혜원아, 제발 너의 아버지가 그런 편지 보내지 못하게 해라. 네 오빠가 그 편지 때문에 얼마나 괴로워하고 실망했는지 아느냐."

이때 동주가 책을 보냈던 일에 대해서 훗날 일주의 소상한 증언이 있다.

"1938년 첫 여름방학에 나에게 준 서울 선물은 김동인의 『아기네』라는 두툼한 역사소설집이었다. 그리고 서울 있는 동안에도 조선일보사 발행의 잡지 『소년』을 매달 우편으로 보내주었다. 김내성의 「백가면」이 연재되고 있기도 하여 매달 즐거움으로 기다리곤 하였다. 그 밖에 나에게 특별히 보내준 책으로는 조선일보사 발행의 『아동문학전집』, 강소천의 「호박꽃 초롱」 등이었다. 특히 『아동문학집』 속의 이광수의 동화와 박영종의 「나루터」, 정지용의 「말」 등에 연필로 간단한 설명을 달아놓았었는데, 요지는 꿈이 아닌 생활이 표현되었기에 좋은 작품이라는 뜻이었다."

위의 증언에서 보듯이, 혜원과 일주는 평소에도 형으로부터 문학서적을 받아 보는 것이 기뻤지만 방학 동안에 많은 것을 배웠다.

방학이면 시골에 파묻혀 책이나 실컷 읽으려고 많은 책을 가지고 돌아와도 그의 생각대로 되지 않았다. 가문 중 제일 큰집이어서 손님이 그치는 날이 없다시피 했다.

게다가 그는 매일 산길이나 들길을 걸었다. 더러 동생들을 데리고 가는 때도 있었다. 그의 시상 대부분은 그의 산책길에서 우러나고 다듬어진 것이 아닌가 여겨진다. 그가 산책에 나설 때의 옷차림은 삼베나 옥양목의 한복 차림이었고 늘 손에는 책이 쥐어져 있었다. 거기에다 사각모 대신 미국식 납작 맥고모에 곤색 학생복 차림도 즐겨 입었다.

그의 누이동생 윤혜원에 의해, 동주의 일본 도쿄 시절이 밝혀짐으로써 그에게는 결혼까지 생각했던 여성이 있었음이 밝혀지고 있다.

윤동주가 도쿄 릿쿄立教대학 1학년 때 여름방학을 맞아 귀성했을 때, 어느 날 엽서 반 크기의 사진 하나를 보이더라는 것이었다. 한 여자가 앞에 앉고 두 명의 대학생이 뒤에 서서 찍은 사진이었다.

그 사진을 보이면서 그는 여자의 인상을 물었다.

좋은 인상을 받았기에 그대로 말해 주었다.

그 여대생은 함북 은성교회 박 목사의 막내딸로서, 도쿄에 유학온 후 작은오빠와 같이 자취를 하면서 성악을 전공하는 음악도라고 했다. 그리고 번듯한 인텔리 집안이었다.

이러한 시기에 윤동주가 써낸 「태초의 아침」(1941)에서 그는 원초적인 인간 실존의 한 양상을 드러내 보인다.

봄날 아침도 아니고
여름, 가을, 겨울,
그런 날 아침도 아닌 아침에.

빨-간 꽃이 피어났네,
햇빛이 푸른데,

그 전날 밤에
그 전날 밤에

사랑은 뱀과 함께
독은 어린 꽃과 함께.

한때 신앙에 회의를 품었던 그가 순이와 사귀면서 차츰 마음의 안정을 찾고, 그녀와의 사랑은 싹이 튼 것이었다.
"우리 이제 인간은 보지 말고 조용히 걸어가요"
신앙이 깊은 순이가 뇌었다.

"인간은 보지 말고……."

"그래요. 인간을 보면 우리는 마음의 근원을 놓치게 돼요."

"마음의 근원은 저 하늘에나 있겠지."

산책에서 돌아온 날 밤 그는 「눈 오는 지도」(1941.3)에서 티 없는 사랑의 감정을 흰 눈송이처럼 수놓았다.

'순이가 떠난다는 아침에 말 못할 마음으로 함박눈이 나려, 슬픈 것처럼 창밖에 아득히 깔린 지도 위에 덮인다. 방 안을 돌아다보아야 아무도 없다. 벽과 천장이 하얗다. 방 안에까지 눈이 나리는 것일까. 정말 너는 잃어버린 역사처럼 홀홀히 가는 것이냐. 떠나기 전에 일러둘 말이 있는 것을 편지를 써서도 네가 가는 곳을 몰라 어느 거리, 어느 마을, 어느 지붕 밑, 너는 내 마음속에만 남아 있는 것이냐, 네 쪼그만 발자국을 작게 나려 덮여 따라갈 수도 없다. 눈이 녹으면 남은 발자국을 찾아 나서면 일 년 열두 달 하냥 내 마음에는 눈이 나리리라.'

그러나 동주의 순이에 대한 사랑은 어떤 정욕적인 것이라기보다 그리움의 동경 같은 것이 아닐까. 그렇다면 그의 사랑은 에로스적인 것은 아니며, '사랑을 아낌없이 주는' 아가페적인 것일 테다.

앞서 보았던 시 「사랑의 전당」에서도 그의 사랑은 뜨거운 육욕의 그것이 아니라 정신적인 플라토닉 러브의 그러한 지순한 감정인 것이다.

'우리들의 사랑은 한낱 벙어리였다.'

이렇게 내면으로만 숨어든 그의 사랑은 하나의 완성된 사랑이기보다는 어떤 미완에 그치는 사랑의 승화라고 할 수 있지 않을까.

훗날 그는 이 시기를 회상하는 「사랑스런 추억」(1942.5.13.)에서 지워지지 않는 정열의 불씨를 마음속에 아롱 짓고 있는 것을 엿볼 수 있다.

봄이 오는 아침, 서울 어느 조그만 정거장에서
희망과 사랑처럼 기차를 기다려,

나는 플랫폼에 간신한 그림자를 떨어뜨리고,
담배를 피웠다.

내 그림자는 담배 연기 그림자를 날리고
비둘기 한 떼가 부끄러울 것도 없이
나래 속을 속, 속, 햇빛에 비춰, 날았다.

기차는 아무 새로운 소식도 없이
나를 멀리 실어다 주어,

봄은 다 가고— 동경 어느 교외 어느 조용한 하숙방에서,
옛 거리에 남은 나를 희망과 사랑처럼 그리워한다.

오늘도 기차는 몇 번이나 무의미하게 지나가고,

오늘도 나는 누구를 기다려 정거장 가차운 언덕에서 서성거릴
게다.
—아아 젊음은 오래 거기 남아 있거라.

그러나 윤동주의 핑크 카드는 이같이 베일에 싸인 '순이'만은 아
니었다.

그가 누상동의 김송 댁으로 옮기기 전 하숙집엔 주인 김태희의
여동생 영희가 있었다.

그녀는 배화여중(지금은 배화여고) 재학생이었는데 용모가 빼어
난 데다 성적도 뛰어난 재원이었다.

동주가 김송 댁으로 옮긴 후에도 그녀는 가끔 동주를 찾아왔었
다.

"영희, 어서 들어와."

"……."

"나는 릴케의 「두이노의 비가」를 읽는 중이야. 지난번 빌려 준

헤세의 시집은 다 읽었나?"

"네, 그래서 책을 돌려 드리려고 가져온 걸요"

그녀는 시집 한 권을 동주에게 돌려준다.

"헤세의 시 가운데서 「안개 속에서」가 참 마음에 들어요"

"그 시는 명시에 들지. 내 한번 외어볼게 들어 봐."

동주는 눈을 내리감고 잠시 후 헤세의 「안개 속에서」를 암송했
다.

안개 속을 거니는 것은 신기하다.

덤불과 돌은 저마다 외롭고

나무들도 서로가 보이지 않는다.

모두들 다 홀로다.

내 인생이 아직 밝던 때는

세상은 친구들로 가득했다.

하지만 지금 안개 내리니

아무도 보이지 않는다.

인간을 어쩌지도 못하게

슬그미 떼어 놓는 어둠을
전혀 모르는 이는 모든 면에서
진정 현명하다고 할 수 없다.

안개 속을 거니는 것은 신기하다.
산다는 것은 외롭다는 것이다.
사람은 서로를 알지 못한다.
모두가 다 혼자이다.

이 시는 헤세의 수많은 작품 중에서도 가장 널리 애송되는 명시
다. 이것은 처음 그의 소설 『가을날의 도보여행』 마지막 장 「안개」
를 끝맺는 형식으로 발표되었다.

이 시의 테마를 이루는 것은 '고독'으로서, 만년에 실명한 헤세
의 부친도 이 작품을 유독 애송했다고 전한다.

동주는 그녀를 데리고 인왕산 치마바위에도 오르고, 내일의 색색
무지개 꿈을 상상하면서 은밀히 시심을 키웠던 것이다.

「그 여자」에서 그는 이렇게 노래하고 있다.

함께 핀 꽃에 처음 익는 능금은

먼저 떨어졌습니다.

오늘도
가을바람은 그냥 붑니다.

길가에 떨어진 능금은
지나는 손님이 집어 갔습니다.

영희의 그 볼이 능금 알처럼 붉었을지도 모르는, 그런 추억이 담긴 시다.

그런 탐스러운 능금 알을 지금은 어느 누가 집어 가고 말았다는 가시 돋친 질투도 느끼게 하는 시다.

그렇다, 금단의 과실을 따 먹은 인간의 사탄!

그러나 그는 오직 시만을 지키기 위해 청교도적인 사랑의 순수를 지킨 것인가.

이처럼 짧으면서도 화사한 분위기를 자아내는 「봄」은 도쿄에서 강처중에게 보내온 시 가운데 마지막 작품이 된 것이다.

봄이 혈관 속에 시내처럼 흘러

돌, 돌, 시내 차가운 언덕에
개나리, 진달래, 노오란 배추꽃
삼동을 참아 온 나는
풀포기처럼 피어난다.
즐거운 종달새야
어느 이랑에서나 즐거웁게 솟쳐라.
푸르른 하늘은
아른아른 높기로 한데……

윤동주는 「사랑의 전당」을 썼던 같은 날에 「이적異蹟」이라는 특이한 시를 썼다. 이는 '예수의 베드로가 물 위를 걸었던 이적'의 이야기다. 그에게 '기독교 시인'이라는 이름이 붙은 것도 이 시로부터 비롯된다.

발에 터분한 것을 다 빼어 버리고
황혼이 호수 위로 걸어오듯이
나도 사뿐사뿐 걸어 보리이까?

내사 이 호수가로
부르는 이 없이

불리어 온 것은

참말 이적이외다.

오늘따라

연정, 자홀, 시기, 이것들이

자주 금메달처럼 만져지는구려

하나, 내 모든 것을 여념 없이

물결에 씻어 보내려니

당신은 호면으로 나를 불러내소서.

이 시는 윤동주에게 하나의 새로운 전기를 가져다준다. 그런 점
에서 그의 시 세계는 기독교적 사랑과 민족애적 관심이 결합되어
더욱 큰 파장을 일으키게 된다.

이러한 전기를 가져온 것은 그가 『정지용 시집』에 경도되었던
점과 실존 철학자 키르케고르의 영향에서 비롯된 바 크다.

정지용의 시집 중 윤동주에게 특히나 영향을 준 작품으로는 「불
사조」, 「은혜」, 「갈릴리 바다」, 「다른 하늘」, 「임종」, 「별」, 「또 하
나 다른 태양」 등을 들 수 있다.

여기서 그의 「이적」과 정지용의 「갈릴리 바다」를 견주어 감상해

보자.

나의 가슴은
조그만 '갈릴리 바다'.

때 없이 설레는 파도는
미美한 풍경을 이룰 수 없도다.

예전에 문제門弟들은
잠자시는 주主를 깨웠도다.

주를 다만 깨움으로
그들의 신덕信德은 복되도다.

돛 폭은 다시 펴고
키는 방향을 찾았도다.

오늘도 나의 조그만 갈릴리에서
주는 짐짓 잠자신 줄을 —

바람과 바다가 잠잠한 후에야

나의 탄식은 깨달았도다.

정지용의 「갈릴리 바다」와 윤동주의 「이적」은 다 같이 신약성서 『마태복음』 14장 25-33절에 나오는 '예수와 베드로가 물 위를 걸었던 이적'의 이야기를 배경으로 한 시로, 공통의 주제를 다루고 있다.

당시 정지용 시집은 우리의 현대시사에서 새로운 시의 지평을 열어주었던 점을 고려하면 '모태로부터의 크리스천'이었던 그가 정지용 시집에서 영향받은 것은 쉽게 이해할 수 있는 일이다.

한편 윤동주는 키르케고르에게도 크게 경도되고 있었다. 윤일주는 「선백의 생애」, 「하늘과 바람과 별과 시」(정음사)에서 다음과 같이 술회하고 있다.

"방학 때마다 짐 속에서 쏟아져 나오는 수십 권의 책으로 한 학기의 독서 경향을 알 수 있었습니다. 이리하여 집에는 근 800권의 책이 모여졌고 그중에 지금 기억할 수 있는 것은 앙드레 지드 전집 기간 분 전부, 도스토옙스키 연구 서적, 발레리 시 전집, 프랑스 명시집과 키르케고르의 것 몇 권, 그 밖의 원서 다수입니다. 키르케고르는 연전 졸업 무렵 무척 예찬했습니다."

키르케고르는 『죽음에 이르는 병』에서 '인간을 정신'이라고 규정하며, 이 '정신은 곧 자아自我'라고 정의하고 있다. 이 같은 그의 향내적向內的인 철학은 기독교적 실존주의 입장을 전개시키고 있는 것이다.

덴마크의 코펜하겐 태생인 그는 신학을 공부하기 위해 대학에 입학했으나, 정통 그리스도교에 회의를 품고 문학과 철학에 관심을 쏟게 된다.

그는 이후 많은 저술을 남기게 되지만, 특히『죽음에 이르는 병』을 내어 허위에 찬 기독교 교회에 비판을 퍼붓고, 42세의 생을 마감한다.

그의 실존적 사상 속에 있는 부조리한 인간 존재에 내재한 불안과 절망 등 심층 심리의 분석은 하이데거, 야스퍼스의 실존철학에 영향을 미치고 릴케, 카프카 등과 전후의 사르트르, 카뮈의 실존주의에도 큰 영향을 끼친 바 있다.

그의 향내적인 철학은 '자아의 탐닉'에 이를 수밖에 없으며 이로부터의 해방은 '자기 성찰'을 부르게 되는데, 이 같은 갈등에서 빚는 '실존적 고독'은『죽음에 이르는 병』의 중심 사상이 된다. 그의 유명한 시구를 보자.

나의 나뭇가지에는
갈가마귀도 날아와 앉지 않는다.

인간의 실존적 고독을 노래한 절구絶句다.

한때 키르케고르의 실존철학에 심취했던 윤동주는 그러나 그의 향내적인 입장에만 머무르지 않은 점에 유의해야 한다.

윤동주의 시가 한낱 서정시에 머무르지 않고 자기 성찰을 통해 저항 시인으로 지향하게 되는 것은, 그가 도지샤 대학 재학 시 독립운동을 도모했다는 죄명으로 시모가모 경찰서에 구금되고 유죄 판결을 받아 후쿠오카 형무소에서 죽어간 일련의 사건을 통해서도 알 수 있다.

그의 민족의식이 선연히 드러난 시 「슬픈 족속」(1938.9)을 보자.

흰 수건이 검은 머리를 두르고
흰 고무신이 거친 발에 걸리우다.

흰 저고리 치마가 슬픈 몸집을 가리고
흰 띠가 가는 허리를 질끈 동이다.

이 시에 나타난 '흰 수건', '흰 고무신', '흰 저고리', '흰 띠'는 백의민족의 '흰색'들인 것이다. 그래서 이 '슬픈 족속'은 이 겨레의 슬픈 현실 인식이 저변에 짙게 흐르고 있다. 또한 이 시에는 슬픔을 운명적인 것으로 받아들이려는 비장함이 깃들어 있는 것으로도 보인다.

윤동주가 입학할 무렵의 연전 교수들은 민족정신이 투철한 유명 인사들이었다. 외솔 최현배를 비롯, 이양하, 손진태, 정인섭, 하경덕, 민태식, 김두현 등 쟁쟁한 교수들이었다.

최현배는 학생들의 숭앙을 한 몸에 받으며, 한글을 통해 겨레의 얼을 심도록 가르쳤다.

동주는 연전 입학 전부터 최현배를 흠모하고 『우리말본』을 소중히 여기면서 그의 책꽂이에 꽂아 두고는 우리말의 성음成音과 구조를 익혔다. 그의 시가 일상적인 언어를 사용하면서도 우리말의 가락을 잘 살릴 수 있었던 것도 외솔의 강의에 힘입은 바 컸다.

이양하의 영문학 강의도 좋은 자극이 되었다. 그는 문예지에 수필을 발표하고 시에 대한 조예도 깊었다. 동주는 그동안 쓴 시를 보이고 지도와 평을 들었다.

조선어학회 사건

그즈음 외솔 최현배의 구속 사건이 있었다. 일본어 사용을 비방했다고 종로서에 외솔이 붙들려 가 문초를 받게 된 것이다. 우리 국어 말살정책을 위해 일제는 1938년에 칙령 103호를 발표, 국어를 정과正課에서 수의과목으로 바꾸어, 이를 교육과정에서 제외시켰다.

일선 교사들에게는 소학교 1학년 학생들에게 첫 시간부터 일본어로 가르치도록 강요했다. 또한 소학교 입학을 위해선 창씨개명을 해야만 했으며 각종 민원서류 등도 이것이 필수조건이었다.

총독부는 이미 1936년 '조선 사상범 보호 관찰령'이란 악법을 만들어 민족운동자·학자·예술인들을 요시찰인이라 하여 감시하고, 40년에는 '사상범 예비 구금령'을 내려 독립운동가는 물론 모든 사상적인 혐의자를 예비 구속할 수 있는 법적 조치를 만들어 놓았다.

이런 악법들은 민족의 얼을 깡그리 말살시키겠다는 덫이었다.

또한 일제가 '창씨개명령'을 내린 것은 1940년 2월의 일로, 그때부터 전 관헌을 동원, 조선 사람의 강제 창씨 운동을 벌였다.

일제의 조선어 사용 금지는 창씨개명과 더불어 조선인의 의식 말살정책과 맥을 같이하는 것이었다. 조선어학회사건은 처음부터 조작과 모진 고문으로 자행되었으며, 그것은 당초 우리말 말살정책에서 비롯되었다.

이 같은 일제의 식민지 정책으로 말미암아 우리의 민족정기는 바람 앞에 촛불처럼 흔들렸으며, 일부 지도자·문인·종교인들은 지하에 은신하면서 민족의 지조를 지켜갈 운명이었다.

1942년 10월 드디어 조선어학회에도 일제의 마수가 뻗치기 시작했다. 그러나 이 사건은 애당초 날조된 조작극이었다.

그것은 한 철부지 여학생의 일기장 속에서 한 줄도 안 되는 기록을 발견, 이를 미끼로 탄압의 손길을 내뻗었던 것이다.

그 여학생의 일기장에는 '국어(일본어)를 사용하는 자를 처벌한다.'고 쓰여 있었으나, 사실은 처벌 사실이 없었던 일로 밝혀졌다.

그해 10월부터 43년 4월까지 검거선풍은 진행되었다. 조선어학회 회원 33명은 모두 이 사건에 연루되고 그중 29명이 구속, 수감되었다. 증인으로 소환된 인원만도 50여 명이었다.

일석 이희승 박사는 그때의 일을 다음과 같이 회상하고 있다.

"이화여전 교수였던 나는 휴일이었던 10월 1일 등산복 차림으로 집을 나서려다 들이닥친 형사대에 붙잡혀 아무 영문도 모르고 서대문경찰서로 끌려갔었지."

그 후 그는 경기도 경찰부를 거쳐 기차에 실려 함경도 홍원경찰서로 끌려갔다.

죄명은 '치안유지법 위반.'

처음엔 정태진이 여학생 일기장과 관련된 '함흥학생사건'의 증인으로 불려 갔고, 이희승을 비롯하여 이윤재, 외솔 최현배 등을 연행해 1년여를 함흥 홍원경찰서에 가두었다. 후엔 13명만 함흥 검사국으로 보내고 함흥 지방재판소에서 각각 징역 2~6년의 판결을 내렸다.

그는 또 말을 잇는다.

"혹독한 고문을 받아가며 자백서 쓰기를 강요당했지. 쓰고는 맞고, 맞고는 또 쓰고, 쓰고는 비행기 타고, 타고는 또 쓰고, 쓰고는 물을 먹고, 먹고는 또 쓰고, 이러한 고문은 4개월이나 반복되었던 거야."

고문당할 때 비행기 탄다는 것을 '공중전'이라 했다. 양손을 뒤로하여 허리에 묶고 팔에 각목이나 총을 가로질러 천장에 매단 후

뱅뱅 돌리며 혼을 빼는 고문이다.

물을 먹이는 것은 '해전'이라 한다. 긴 의자에 눕게 하되 머리만 처지게 하여 온몸을 꽁꽁 묶고 나서 주전자로 코에 물을 붓는 고문법이다.

또 하나, 육전이라는 고문은 각목으로 모질게 때리는 매질이었는데, 골이 터져 나오는 수도 있었다. 이런 혹독한 고문보다 더 무서운 것은 정신적 고문이었다.

"참으로 지긋지긋했어. 얼굴 반쪽을 새까맣게 먹칠하고 등에 '민족 반역자'라고 쓴 쪽지를 달게 한 후 같은 동지들끼리 욕을 하게 했지. 안 하면 마구 휘둘러대니까. 서로 뺨을 치게도 하고 주먹질을 하도록 윽박지르고…… 놈들은 야수 그것이었으니까!"

이 같은 고문 끝에 영하 30도의 강추위와 굶주림에 못 이겨 이윤재, 한징 두 회원은 옥사하고 말았다.

그래서 감옥에서의 건강 비법을 생각해 냈는데, 그것은 밥알을 온종일 씹어 삼켜 소화기능을 보전하는 방법이라 한다.

이 사건의 발단이 된 '여학생 일기장'의 주인공 박영숙은 해방 후 그때를 회상하면서 "옥고를 치르다 숨진 분들께 사죄하고파 죄책과 분노의 40년 한을 털어놓으니 시원하다."며 다음과 같은 사건의 전말을 밝혔다.

그녀가 조선어학회 사건과 관계된 것은 함흥 영생여학교 4학년

18세 때였다.

1912년 7월 그녀의 삼촌 박영화가 함남 홍원읍 전진정거장에 친구를 만나러 갔다가 왜경의 검문에 걸렸다. 왜경의 신문에 조선말로 퉁명스럽게 대답하다가 가택수색을 당하고 이때 문제의 일기장두 권이 발견되었던 것이다.

그 일기장은 그녀가 2학년 때 썼던 것으로 "오늘 국어를 썼다가 선생님한테 단단히 꾸지람을 들었다."는 부분이 문제가 된 것이다.

그녀는 조선말을 쓰다 혼이 났다는 일을 그렇게 표현했으나 경찰은 국어인 '일본어'를 사용하다 혼이 난 것으로 덮어씌운 것이다.

경찰이 그녀에게 꾸지람을 한 선생이 누구냐고 다그치자 "2년전 철없을 때 동급생끼리 '조선어'를 국어라고 썼다."고 자백하기에 이르렀다.

형사들은 그녀의 동급생 4명을 불러 고문 끝에 그 당시 선생이 영생여학교에 근무하다 조선어학회로 옮긴 정태진 선생과 공민 담당 김학준 선생이라는 것을 알아냈다.

왜경에 끌려간 정 선생은 고문에 못 이겨 조선어학회를 '반일 단체'라고 허위 자백하고, 이로 말미암아 최현배, 이희승, 김윤경, 정인승 등 40여 명이 일망타진된 것이다.

연행 한 달 만에 풀려난 박영숙은 1943년 영생여학교를 졸업, 해방을 맞고서야 이 엄청난 사실을 알았다.

1927년 2월 8일 창간된 『한글』은 조선 언문을 연구하는 학술지로, 당초 동인지로 출발했으나, 1928년 10월 통권 9호로서 단명에 그쳤다. 창간 동인은 권덕규, 이병기, 최현배, 정열모, 신명균 등 5명으로 모두 한글학자 주시경(1976~1914) 선생의 제자들이다. 그런데 1932년 5월 1일자로 창간된 『한글』은 '조선어학회' 기관지인 학술지로 1928년 10월에 종간했던 『한글』을 신명균의 주선으로 중앙인서관 사장의 희생적인 도움 덕분에 복간되었다.

이 잡지는 1942년 5월 통권 93호를 내고 종간에 이른다.

그러나 이 잡지는 8·15해방을 맞아 1946년 4월 1일에 속간, 오늘에 이르고 있다.

조선어학회의 전신인 '조선어연구회'는 1921년 12월 3일 휘문의숙에서 임경재, 최두선, 이규방, 권덕규, 장지영, 이승규, 신명균 등 7명이 발족시켰다. 1931년의 정기총회에서 그 이름을 '조선어학회'로 고치고 1949년 9월 5일 '한글학회'로 명칭을 바꾸었다.

조선어학회의 숙원이던 『조선어사전』은 1929년 10월 31일 한글날 기념식에 모인 유지 108명의 발기로 시작되어 지지부진하다가 1936년 4월에 14인의 특지로 '사전 편찬을 돕는 비밀 후원회'가 조직되어 비로소 활기를 띠게 되었다. 이때의 편집진은 이극로, 이윤재, 정인승, 한징, 이중화, 훗날 권승욱, 권덕규, 정태진 등이 참여

했다.

그러나 일제의 탄압은 더 거세졌는데, 이때의 상황을 「한글학회 59년사」는 다음과 같이 쓰고 있다.

…낮이나 밤이나 추우나 더우나, 수시로 강요되는 근로 봉사니, 신사참배니, 국방헌금이니, 방공연습이니, 궁성 요배니, 무슨 경축이니, 무슨 행사니 등등에 일일이 쏘다녀야 했고, 수시로 찾아오는 담당 형사 따위의 눈치나 비위에 아무쪼록 영합, 환대 태도를 취해야 했고, 수시로 당하는 명절이나 유사시에는 관계 요로에 아니꼬운 예절도 닦아야 했다. 이런 따위의 심신 양면으로의 고통과 피로로 인한 집무상의 손실도 예상 밖에 컸었다.

그러나 어디 이것뿐이겠는가. 국내 정세는 조선의 지식인을 옭아매는 여러 법령이 공포되고, 사건 또한 잇따랐으니 점입가경이었다.

이런 긴박한 정세인지라 조선어학회에서는 출판을 서둘러 오던 차에 뜻밖의 사건이 터진 것이다.

그해 10월 1일, 이중화, 장지영, 이극로, 최현배, 한징, 이윤재, 이희승, 정인승, 김윤경, 권승욱, 이석린 등 11명이 서울에서 구속되고 곧바로 홍원으로 압송되어 갔다. 같은 달 18일에는 이우식,

김법린이 동래에서, 20일에는 정열모가 김천에서 각각 검거되고, 21일에는 이병기, 이만규, 이강래, 김선기 등 4명이 서울에서 검거되고 12월 23일에는 서승효, 안재홍, 이인, 김양수, 장현식, 정인섭 등 6명이 서울에서, 윤병호가 부산에서, 이은상이 전남 광양에서 각각 검거되었다.

1943년 3월 5일 김도연, 6일에 서민호가 또 서울에서 검거되어 모두 홍원경찰서에 구금되었다.

이때 취조를 맡은 경찰은 홍원경찰서 고등계 주임 나카지마, 형사부장 야스다(본명 안정묵), 형사 니히하라(본명 박동철), 함흥경찰부에서 출장 나온 수사계 주임 오오하라(본명 주병훈), 형사부장 시바다(본명 김건치) 등이며, 이 중 사람 백정으로 이름난 자는 주병훈, 안정묵, 김건치 등 세 명의 조선 사람이었다.

이들은 사건을 조작하기 위해 갖은 고문으로 자백서를 받았으나 사건의 줄거리가 서지 않아 4개월이 지나도록 신문 조서를 쓰지 못했다 .

마침내 이들은 사전 원고와 카드를 모두 압수하였다가 '태극기 · 대한제국 · 이왕가 · 대궐 · 백두산 · 단군 · 서울' 등에 대한 주석이 반국가 사상의 표현이라고 윽박지르며 '치안유지법' 제1조에 해당하는 내란죄로 몰아 1943년 3월 중순에야 엉터리 조서를 마무리

지었다.

이같이 사건을 날조하여 4월 중순에 조서를 마친 홍원경찰서의 의견서는 아래와 같다.

1) 기소 24명 - 이극로, 이윤재, 최현배, 이희승, 정인승, 김윤경, 김양수, 김도연, 이우식, 이중화, 김법린 등……

2) 기소 유예 6명 - 신윤국, 김종철, 이석린, 권승욱, 서승효, 윤병호

3) 불기소 1명 - 안재홍

4) 기소 중지 2명 - 권덕규, 안호상

위의 33명 가운데 신윤국, 김종철, 권덕규, 안호상 등은 불구속이었으며, 안재홍은 석방되었다. 그런데 9월 상순에야 검사 아오야기가 홍원경찰서로 와서 형사 10여 명의 입회 아래 신문하여 기소 16명, 기소 유예 12명으로 결정되었다.

이 중 기소 유예로 12명이 석방되고 예심에 넘어간 회원 이극로, 이윤재, 최현배, 이희승, 정인승, 정태진, 김양수, 김도연, 이우식, 이중화, 김법린, 이인, 한징, 정열모, 장지영 등 16명은 재판을 기다리며 옥중에 갇혔다.

일제가 마지막 발악을 하던 1944년 12월 21일부터 1945년 1월

16일까지 니시다 판사 주심 아래 9회의 공판이 열렸다. 일제에 의한 우리말 탄압, '조선어학회사건'은 우리의 가장 불행하던 시대 식민지 역사의 단면 그것이었다.

외솔 선생의 구속 소식을 전해 들은 문과반 학생들은 흥분과 분노를 감추지 못했다. 송몽규를 비롯한 다수 학생들이 소리소리 지르며 떠들어대고 있을 때 동주는 교실 한쪽 창가에 기대어 먼 산을 바라보고 있었다. 이때 흥분한 학생들이 달려와 동주에게 따졌다.

"외솔 선생의 구속 소식을 듣고도 딴청이니 자네는 도대체 이방인인가, 방관자인가?"

"자네들에게 그렇게 보였다면, 미안하이."

"미안 이 한 마디로 다 되는가?"

"이 마당에 아무 힘도 쓸 수 없는 무능한 자신이 부끄러울 뿐이네."

동주는 이때의 심경을 훗날 『산골 물』이란 시로 써냈다.

괴로운 사람아 괴로운 사람아
옷자락 물결 속에서도
가슴속 깊이 돌돌 샘물이 흘러
이 밤을 더불어 말할 이 없도다.

거리의 소음과 노래 부를 수 없도다.

그신 듯이 냇가에 앉았으니

사랑과 일을 거리에 맡기고

가만히 가만히

바다로 가자.

바다로 가자.

하숙집을 쑤셔대는 일본 형사

윤동주가 한때 같은 반 학생들에게 '이방인'이니 '방관자'니 오해받은 것은 그의 내성적인 성격 탓이었다.

그의 이런 성격은 자신에게 어떤 그림자가 드리웠을 때 곧바로 반응하는 것이 아니라, 그것을 마음속으로 침전시켜 내면 깊이 괴로워한 때문이다.

그는 누구보다도 넘치는 인간미의 소유자였다. 방학이면 귀향할 때 아우들에게 아동 잡지를 사다 주는 것을 잊지 않았고, 후배들에게는 자상하고 너그러운 선배였다.

친구들이 장난을 걸어와도 화내지 않으며 겸손하면서도 소탈한 성격은 주위 사람들에게 호감을 샀다.

명동촌의 후배인 장덕순이 연희전문에 입학시험을 치르러 서울

왔을 때의 일이다.

3학년이었던 동주는 미리 하숙방을 얻어 놓고 서울역으로 마중을 나갔다. 역에서 만난 그들은 신촌 부근에 구해 둔 하숙집으로 돌아와 늦도록 이야기를 나누었다.

자정 무렵에야 동주는 기숙사로 돌아갔다. 장덕순은 기차 여행의 피로로 깊은 잠이 들어 있었다. 그런데 웬 창문 두드리는 소리에 소스라쳐 잠을 깼다.

그가 다시 돌아온 것이었다.

"기숙사까지 갔다가 생각나서 왔는데 방에서 냇내가 나니까 창문을 좀 열어 놓고 자게나."

"그 때문에 일부러 오신 거요?"

"음, 여행의 피로에다가 냇내까지 맡으면 기관지 고장이 나기 쉬워. 내 한번 혼난 일이 있어 온 거야."

"형도 참……."

덕순은 감기는 눈을 비비면서 일어나 고마운 마음으로 창문을 살끔 열어젖힌다. 그것을 보고서야 동주는 말없이 어둠 속으로 사라져 갔다.

그의 주변에 얽힌 미담은 이에 그치지 않는다.

정병욱이 아직 기숙사에 든 4월의 어느 이른 아침이었다. 동주는 기름 냄새가 채 가시지 않은 『조선일보』를 손에 들고 불쑥 나타났다.

"자네 글 재미있게 읽었어. 나랑 같이 산책이나 갈까?"

"장난으로 학생란에 쓴 글인데, 그런 걸 읽으시고……."

병욱은 뜻밖의 방문에 잠시 망설이다가 그의 뒤를 따랐다.

기숙사를 나오자 새소리 지저귀는 숲길 따라 이화여전이 마주
보이는 일영대로 올랐다.

"중학교 때 글 많이 써 봤어?"

"네, 조금요."

"앞으로 시 쪽인가 소설 쪽인가?"

"글쎄요, 좀 더 공부한 다음에……."

"뉘 작품을 좋아하지?"

"최서해의 「탈출기」와 이육사의 시를 애송해요."

"김소월, 한용운, 이육사, 정지용, 김기림, 심훈 같은 시인은 배울
점이 많은 시인들이지."

동주는 평소 과묵하면서도 말할 때는 군더더기 없이 친절히 일
러 주었다.

이러한 인연으로 두 선후배는 그 후 동주가 졸업할 때까지 같은
하숙에 들게 된 것이다.

윤동주는 4학년 봄 학기가 시작되기 전 장덕순과 두 달쯤 신촌

에서 하숙을 하다 기숙사로 돌아온 후 정병욱과 기숙사를 나와 누상동에 하숙 생활을 시작했다.

그들이 기숙사를 나온 것은 기숙사의 식탁이 매우 빈약했기 때문이었다. 그 후 이곳저곳 많이 옮겨 다녔지만, 그중 인상 깊었던 곳으로 정병욱은 누상동의 김송 작가댁에서 하숙하던 시절을 「잊지 못할 윤동주의 일들」이란 글에서 회상하고 있다.

"그 무렵의 우리의 일과는 다음과 같다. 아침 식사 전에는 누상동의 뒷산인 인왕산 중턱까지 산책을 할 수 있었다. 하학 후 충무로 책방들을 순방하고 전깃불이 켜져 있을 때 누상동 9번지로 돌아가면 조 여사가 손수 마련한 저녁 밥상이 기다리고 있었고, 저녁 식사가 끝나면 김 선생의 청으로 대청마루에 올라가 한 시간 남짓한 환담 시간을 갖고 방으로 돌아와 자정 가까이까지 책을 보다가 자리에 드는 것이었다. 이렇게 보면 매우 단조로운 것 같지마는 지금 생각하면 참으로 알찬 나날이었다고 생각된다. 동주 형의 주위에도 별반 술꾼이 없었고, 내 주변에도 술꾼이 없었기 때문에 술자리에 어울리는 일은 별로 없었다. 가끔 영화관에 들렀다가 저녁때가 늦으면 중국집에서 외식을 했는데 그때 더러는 배갈을 청하는 일이 있었다. 주기가 올라도 그의 언동에는 그리 두드러진 변화는 없었다. 평소보다는 약간 말이 많은 정도였다. 그의 성격 중에서 본받을 일이 물론 많지마는 그중에서도 가장 본받을 만한 장점 하나는 결코 남을 헐뜯는 말을 입 밖에 내지 않는 일이었다."

이런 추억이 서린 누상동 9번지의 김송 댁 하숙 생활은 일본 고등계 형사의 등쌀에 더는 지속하기 어려웠다. 요시찰인으로 낙인찍힌 작가 김송을 시도 때도 없이 찾는 고등계 형사가 하숙생의 서가에 꽂힌 책 이름을 적는 것은 약과요, 짐 꾸러미, 서신 등을 뒤지는 바람에 그 집을 나올 수밖에 없었다.

당시 조선의 지식인들이 겪어야 했던 고통의 정도가 어떠했는지 상상하기 어렵지 않다.

1941년 3월에 '조선 사상범 예비 구금령'에다 '국방 보안법'이라는 악법이 공포되고, 총독부는 '학도 정신대'라는 것을 만들어 학생들을 근로 동원에 몰아넣었다.

4월 들어 문학인의 무대인 『문장』지와 『인문평론』도 강제 폐간되고, 6월에는 독·소전이 벌어지고 있었다.

이해는 윤동주의 4학년 시절로 한동안 주춤했던 시작 생활이 열화처럼 타올라, 시 16편과 산문 1편의 다수확을 일구어 낸 것이다.

이를 시작 순서대로 열거해 보면, 「무서운 시간」, 「눈 오는 지도」, 「태초의 아침」, 「또 태초의 아침」, 「새벽이 올 때까지」, 「십자가」, 「눈감고 가다」, 「돌아와 보는 밤」, 「간판 없는 거리」, 「바람이 불어」, 「또 다른 고향」, 「길」, 「별 헤는 밤」, 「서시」, 「간」 등이 1941년 2월 7일에서 1941년 11월 29일 간에 씌어진 시다.

그는 연전 졸업을 앞두고 그의 대표작으로 꼽는 「서시」 등 19편을 묶어 자선 시집을 내려 했었다.

1941년에 쓴 16편의 시는 「서시」를 비롯하여 「또 다른 고향」, 「별 헤는 밤」, 「간」 등이 포함되고, 한국시사에서도 높이 평가 받는 시편 들이다.

특히 그의 「서시」는 1948년 1월 유고 31편을 모아 '정음사'에서 간행했던 유고 시집 『하늘과 바람과 별과 시』의 맨 앞에 실려 있으며, 「서시」의 부제는 '하늘과 바람과 별과 시'로 되어 있다.

윤동주는 당초 19편의 시를 '77부 한정판'으로 내려고 했었다. 시집 제목을 '하늘과 바람과 별과 시'로 하고 그 시들을 원고지에 육필로 써서 3부의 필사본을 똑같이 만들어 1부는 자신이 간수하고, 1부는 스승인 이양하 교수에게, 1부는 아끼는 후배 정병욱에게 준 것이다.

그의 자선 시집이 불발에 그친 데 대해 정병욱은 「잊지 못할 윤동주의 일들」에서 이렇게 회상하고 있다.

"······「별 헤는 밤」을 완성한 다음 동주는 자선 시집을 만들어 졸업 기념으로 출판하기를 계획했었다. 「서시」까지 붙여서 친필로 쓴 원고를 손수 제본한 다음 그 한 부를 내게다 주면서 시집 제목이 길어진 이유를 「서시」를 보이면서 설명해 주었다. 그리고 처음에는 (「서시」가 되기 전) 시집 이름을 「병원」으로 붙일까 했다면서

표지에 연필로 「병원病院」이라고 써넣어 주었다. 그 이유는 지금 세상은 온통 환자 투성이기 때문이라 하였다. 그리고 병원이란 앓는 사람을 고치는 곳이기 때문에 혹시 앓는 사람들에게 도움이 될 수 있을지도 모르지 않겠느냐고 겸손하게 말했던 것을 기억한다. 이 시고詩稿를 받아 보신 이양하 선생님께서는 출판을 보류하도록 권하셨다. 「십자가」, 「슬픈 족속」, 「또 다른 고향」과 같은 작품들이 일본 관헌의 검열에 통과될 수 없을뿐더러 동주의 신변에 위험이 따를 것이니 때를 기다리라고 하셨던 것이다. ……시집 출판을 단념한 동주는 1941년 11월 20일 자로 작품 「간肝」을 썼다. 발표와 출판의 자유를 빼앗긴 지성인의 분노가 폭발한 것이지만 그는 스스로를 달래지 않을 수 없었다."

그러나 윤동주는 이양하 선생의 만류에도 시집 출판을 단념하지 않고 졸업 후 귀향해 아버지에게 출판에 대해 의논했다. 하지만 막상 출판비 3백 원이 마련되지 못해 안타까운 지경이었다. 윤일주도 「윤동주의 생애」에서 "아버지도 출판해 줄 의향이 계셨으나 모든 여건이 허락하지 않았다."고 증언한 것을 보면 돈 문제로 그의 출판이 좌절된 것으로 여겨진다.

1941년 12월 8일 새벽, 일본의 하와이 진주만 기습으로 태평양 전쟁이 터지자 연전의 명예 교장 언더우드 2세와 언더우드 3세는 그날 오후에 체포되고, 다른 미국인 선교사들과 함께 폐교된 감리교 신학교에 반년 남짓 갇혀 있다가 이듬해 6월 1일 국외로 추방되었다.

이같이 상황이 급박해지자 졸업식도 앞당겨 1941년 12월 27일, 새로 들어온 윤치호 교장의 주재로 치러졌다.

윤치호는 '친일파'로 지탄을 받은 인물인데, 1942년 8월 17일 총독부가 연전을 접수하면서 그를 물러나게 하고 일본인 다카하시를 새 교장으로 임명했다.

이 연전 졸업식에 송몽규의 졸업을 축하하기 위해 참석했던 김재준 목사의 회고담에 따르면, 송몽규는 문과 21명, 상과 50명, 이과 18명의 졸업생 중 졸업 성적 2등으로 우등상을 탔다고 한다. 후배였던 장덕순은 당시를 회고하면서 "동주의 성격이 과묵하고 내성적인 데 반해, 몽규는 남성적이며 적극적인 성격에다 다변이었다. 동주가 과묵한 편이면서도 스포츠를 즐긴 데에 반해 몽규는 활동적이고 잘 돌아다니면서도 운동은 하지 않았다. 동주가 시를 전공한 데 비해 몽규는 소설 쪽으로, 그가 쓴 소설을 여러 번 본 기억이 있다."고 말했다.

어려서부터 총기 있고 민족의식이 강했던 송몽규는 졸업반 시절 일본 교토제대 입시 때에도 연전 『문우』를 발간하는 데 시간을 아끼지 않았다.

한때 중단되었던 『문우』가 1941년에 속간되는데 이것이 그들의 졸업반 때 발행된 문집이다. 편집 겸 발행인은 강처중이, 송몽규는 문예부장으로서 실무를 맡아 편집후기를 썼다.

창간호는 우리말 잡지였던 것이, 1941년도 판은 일어 잡지이자 종간호가 되었다가 1960년에 이르러서야 연대 문과생들에 의해 복간되었다.

송몽규의 시로는 희귀한 작품 「하늘과 더불어」가 '꿈별'이라는 필명으로 『문우』지에 발표되었다.

하늘 —
얽히어 나와 함께 슬픈 쪼각하늘

그래도 네게서 온 하늘을 알 수 있어 알 수 있어……

푸름이 깃들고
태양이 지나고
구름이 흐르고
달이 엿보고
별이 미소하여
너하고만은 너하고만은
아득히 사라진 얘기를 되풀고 싶다.

오오 ― 하늘아 ―
모―든 것이 흘러흘러 갔단다.
괴로운 사념들만 뿌려 주고
미련도 없이 고요히 고요히……

이 가슴엔 의욕의 잔재만
쓰디쓴 추억의 반추만 남아

그 언덕을
나는 되씹으며 운단다.

그러나
연인이 있어 고독스럽지 않아도
고향을 잃어 향수스럽지 않아도

인제는 오직 ―
하늘 속에 내 맘을 잠그고 싶고
내 맘속에 하늘을 간직하고 싶어.

미풍이 웃는 아침을 기원하련다.

그 아침에
너와 더불어 노래 부르기를 가만히 기원하련다.

같은 『문우』에 실린 윤동주의 시는 「새로운 길」과 「우물 속의 자화상」으로, 1945년 2월 북간도에서 그의 장례가 기독교장으로 치러질 때 이 두 작품이 낭독되었다. 송몽규의 장례식에도 그의 「하늘과 더불어」가 낭독되었다.

그의 대표작 가운데 첫손 꼽는 「서시」는 1941년 12월 출판하려던 19편 시 중에서도 맨 나중에 쓴 시로 1948년 1월에 간행된 유고시집 『하늘과 바람과 별과 시』에는 머리시로 실려 있으며, 부제는 '하늘과 바람과 별과 시'로 되어 있다. 이로 미루어 이 작품은 그의 시 세계를 압축해서 보여준 것으로 여겨진다.

동주가 중학시절부터 애독했던 책은 김동환의 서사시 『국경의 밤』 등 시집류였다.

이 『국경의 밤』은 그가 대하는 최초의 서사시집으로서, 국경지대에 살던 우리 겨레의 시대적 생활상이 짙게 깔려 있는 작품이어서 그에게 미친 영향은 컸다.

아하, 무사히 건넜을까
이 한밤에 남편은
두만강을 탈 없이 건넜을까?

저리 국경 강안을 경비하는
외투 쓴 검은 순사가
왔다— 갔다—
오르명 내리명 분주히 하는데
발각도 안 되고 무사히 건넜을까?

이렇게 시작되는 두만강의 정경—소금 밀수에 관한 이야기와 북
간도의 정서는 그에게 크나큰 충동을 안겨 주었다.

또 하나 그의 의식에 깊이 침전되어 있던 노래는 간도 동포들이
민족적 한을 품고 부르던 「고난의 노래」였다.

피에 주린 왜놈들은 뒤를 따르고
괘씸할 사 마적떼는 앞길 막누나
황야에는 해가 지고 날이 저문데
아픈 다리 주린 창자 쉴 곳을 찾고
저녁 이슬 흩어져 앞길 적시니

쫓기는 우리 신세 처량하구나

동주는 1930년대 우리 문학의 주요 작품을 두루 읽고, 언어의 미학뿐 아니라 그 언어 속에 응축된 민족의식을 천착할 수 있을 만큼 정신세계는 성숙해 가고 있었다.

그가 이상李箱의 시에 탐닉한 것은 우연한 일은 아니었다.

30년대의 김기림, 이상, 정지용 등 모더니즘 계열의 시적 유산을 윤동주는 나름대로 소화하여 우리의 해방시단에 물려준 것은 아닐까.

여기서 윤동주와 해방 후 후반기 모더니즘의 기수로 활약했던 박인환의 시를 비교해 보는 것도 무의미한 일은 아니리라.

황혼이 짙어 가는 길모금에서
하루 종일 시들은 귀를 가만히 기울이면
땅거미 옮겨지는 발자취 소리.

발자취 소리를 들을 수 있도록
나는 총명했던가요

이제 어리석게도 모든 것을 깨달은 다음

오래 마음 깊은 속에
괴로워하던 수많은 나를
하나, 둘 제고장으로 보내면
거리 모퉁이 어둠 속으로
소리 없이 사라지는 흰 그림자.

흰 그림자들
연연히 사랑하던 흰 그림자들,
내 모든 것을 돌려보낸 뒤
허전히 뒷골목을 돌아
황혼처럼 물드는 내 방으로 돌아오면

신념이 깊은 의젓한 양처럼
하루 종일 시름없이 풀포기나 뜯자.
　　　　　　　－ 윤동주의 「흰 그림자」(1942)

나의 생애에 흐르는 시간들
가느다란 1년의 안젤루스

어두워지면 길목에서 울었다

시랑하는 사람과

숲 속에서 들리는 목소리
그의 얼굴은 죽은 시인이었다

늙은 언덕 밑
피로한 계절과 부서진 악기

모이면 지난날을 이야기한다
누구나 저만이 슬프다고

가난을 등지고 노래도 잃은
안개 속으로 들어간 사람아

이렇게 밝은 밤이면
빛나는 수목이 그립다

　　　　　　　　　　　　－ 박인환 「나의 생애에 흐르는 시간들」

이 40년대와 50년대의 두 시인의 작품에서 굳이 그 유사성을 찾는다면, 모더니티와 리리시즘의 교직이라는 점에서 찾아야 하지 않

163

을까.

동주는 1938년 3월에서 1941년 12월 연희전문을 졸업할 때까지 33편의 시를 썼다. 그러므로 이 시절은 그의 시적 편력에 한 정점을 이루는 시기인 것이다. 즉 「하늘과 바람과 별과 시」의 개화기라고 할 수 있다.

그가 연전에 입학한 2, 3년간은 분주한 학창 생활과 학문 수련 때문에 수 편의 시를 쓸 수밖에 없었다. 그는 4학년에 오르면서는 주옥같은 시를 연이어 창작해 냈다.

이 같은 시편 외에도 그는 다섯 편의 산문 「달을 쏘다」, 「투르게네프의 언덕」, 「별똥 떨어진 데」, 「화원에 꽃이 핀다」, 「종시」 등을 남기고 있는데, 그가 남긴 산문은 매우 희귀한 편이다.

그중 「투르게네프의 언덕」은 산문시라 할 수 있으며, 앞에서 언급한 바 있으나, 여기서는 투르게네프의 산문시 「거지」와 비교해 보고자 한다.

나는 고갯길을 넘고 있었다…… 그때 세 소년 거지가 나를 지나쳤다.

첫째 아이는 잔등에 바구니를 둘러메고, 바구니 속에는 사이다병, 간즈메통, 쇳조각, 헌 양말 짝 등 폐물이 가득하였다.

둘째 아이도 그러하였다.

셋째 아이도 그러하였다.

텁수룩한 머리털, 시커먼 얼굴에 눈물 고인 충혈된 눈, 색 잃어 푸르스름한 입술, 너들너들한 남루, 찢겨진 맨발,

아아, 얼마나 무서운 가난이 이 어린 소년들을 삼키었느냐!

나는 호주머니를 뒤지었다. 두툼한 지갑, 시계, 손수건…… 있을 것은 죄다 있었다.

그러나 무턱대고 이것들을 내줄 용기는 없었다. 손으로 만지작만지작거릴 뿐이었다.

다정스레 이야기나 하리라 하고 '애들아' 불러 보았다.

첫째 아이가 충혈된 눈으로 흘끔 돌아볼 뿐이었다.

둘째 아이도 그러할 뿐이었다.

셋째 아이도 그러할 뿐이었다.

그리고는 너는 상관없다는 듯이 자기네끼리 소곤소곤 이야기하면서 고개를 넘어갔다.

언덕 위에는 아무도 없었다.

짙어 가는 황혼이 밀려들 뿐 —

— 「거지」 전문

투르게네프의 이 산문시는 1878년 12월 김억金億이 번역하여 『태서문예신보』에 발표했던 것이다. 윤동주가 이 시를 쓰게 된 것은

투르게네프의 산문시 「거지」에서 영감을 얻은 것이며, 이 시의 주제는 '동냥을 요구하는 거지에게 다정한 말과 빈손을 내민' 것으로 거지가 만족했노라는 거짓 인간애와 이웃 사랑에 대해 그 기만성을 폭로하는 의도로 제목을 「투르게네프의 언덕」이라 하여, 자신의 산문시를 통해 값싼 온정이나 위선을 비판하는 풍자시를 써내고 있다.

창씨개명과 절필

1939년 11월 10일에 공포된 '조선인의 창씨개명령'은 1940년 2월 11일 개시되기에 이른다.

1936년 조선 총독으로 부임한 미나미는 '황국신민서사誓詞'를 제정하여 각급 학생들에게 이를 외도록 하고, 조선어 과목을 금지시키는 등 조선의 밑뿌리를 흔들기 시작했다.

조선에 어둠이 물들던 바로 그해 제2차 세계대전이 발발하고, 나치스 독일이 영국과 프랑스에 선전 포고를 시작으로 폴란드·네덜란드·노르웨이·벨기에 등을 침공하여 향후 6년에 걸친 포연의 막이 올랐다.

이로부터 일제는 '조선 사람의 황국신민화'를 위한 작업에 들어갔으니, 그것이 다름 아닌 '창씨제도'였던 것이다.

조선은 예로부터 가장 상스런 말이 '성을 갈 놈'이라는 욕이다. 그만큼 우리 민족은 조상과 가문을 소중히 여기는 문화를 간직했던 민족이다. 이러한 민족에게 겨우 7개월여 동안에 전 인구의 80 프로가 창씨개명을 하여 관에 신고토록 한 것이다. 게다가 『조선일보』와 『동아일보』가 8월 10일 폐간된 것을 비롯하여, 다수의 기독교인이 피검되어 감옥에 묶여 갔다. 각종 생필품이 배급제로 바뀌고, 일경에게 미움을 산 사람은 배급에서 제외되었다.

일제의 서슬이 거미줄처럼 옭아매기 시작한 1940년 윤동주는 연전 3학년이었다. 그에게는 큰 변화가 오게 되는데, 첫째는 기독교 신앙에 대한 회의가 그것이요, 둘째는 1년 내내 붓을 꺾고 지낸 것이다. 그와 같이 교회에 나가던 정병욱의 증언 「잊지 못할 윤동주의 일들」을 통해서도 알 수 있다.

"연희전문 1, 2학년 때까지도 여름방학에 하기 성경학교 등을 돕기도 하였으나, 3학년 때부터는 교회에 대한 관심이 덜해졌다는 느낌을 받았다."

1940년 들어 윤동주는 다시 기숙사로 들어갔다. 이해 초봄에 광명중학 2년 후배인 장덕순과 한 반이 된 정병욱은 기숙사에서 윤동주와 흉금을 털어놓는 사이가 되었다. 이때의 인연으로 정병욱은 그에게서 받은 필사본 시집을 잘 보관한 후 해방이 되자 월남한 유족에게 전하고 윤동주 시인을 세상에 알리는 데 큰 공헌을 하게 된다.

그러면 윤동주는 왜 이때 들어 신앙에 회의적이게 된 것일까? 이러한 의문을 푸는 것은 그의 시 정신을 이해하는 데도 중요한 열쇠가 된다. 관념론자들이 이러한 문제를 풀 때 왕왕 범하는 오류는 그 결과만을 들어 정신적 변화라느니, 심리적 내면세계의 갈등이라느니 하여 자의적인 해석을 내리곤 하는 것이다.

윤동주의 이 같은 변화는 상황 논리로 풀 수밖에 없다.

그는 처절하리만큼 긴박해진 시대 상황에 절망한 것이다. 그는 우리의 언어와 글을 갈고닦는 데 삶의 목표를 두었으며, 거기에 삶의 보람을 가졌던 것이다. 그런데 이미 말과 글을 빼앗기고 이제는 성과 이름마저 앗겨야 하는 치욕의 날을 맞이하게 되었다.

어둠 속에서 길을 헤매는 민족에게 빛을 가리키려는 시인의 마지막 수단마저 빼앗는 시대 상황을 맞게 된 것이다. 온 겨레가 시궁창에 들고 시인은 붓을 꺾어야 하는 현실에 그는 절망했다. 또한 일본인도 인간인데 인간이 인간을 그토록 사악하게 구는 현실인데도 그것을 묵인하는 절대자에 대하여 다시 생각하게 되고, 그런 절대자에 대하여 절망하게 된 것이다.

그의 신앙은 이토록 밑뿌리에서부터 흔들리고 있었다. 그의 절필은 당연한 결과였으며, 그의 주변에도 불행한 일은 끊이지 않았다. 그해 5월 라사행은 1개월간의 구금 끝에 석방되고, 10월에는 감리교 폐교라는 슬픈 소식이 잇따랐다.

이 같은 일제의 압제가 온 누리를 휘두르던 동섣달 그해 연말에 가서야 그는 붓을 들어 「팔복」, 「병원」, 「위로」의 세 편을 써냈다.

이 「팔복」은 부제에도 있듯이 '마태복음 5장 3-12'라는 원전대로 신약의 『마태복음』 5장에 나오는 예수의 '팔복'에 관한 교훈이 시의 배경이 되어 있다.

그러면 성서의 원문부터 보자.

심령이 가난한 자는 복이 있나니
천국이 저희 것임이요①
애통하는 자는 복이 있나니
저희가 위로를 받을 것임이요②
온유한 자는 복이 있나니
저희가 땅을 기업으로 받을 것임이요③
의에 주리고 목마른 자는 복이 있나니
저희가 배부를 것임이요④
긍휼히 여기는 자는 복이 있나니
저희가 긍휼히 여김을 받은 것임이요⑤
마음이 청결한 자는 복이 있나니
저희가 하나님을 볼 것임이요⑥

화평케 하는 자는 복이 있나니

저희가 하나님의 아들이라 일컬음을 받을 것임이요⑦

의를 위하여 핍박을 받은 자는 복이 있나니

천국이 저희 것임이라⑧

이것이 성경에 나오는 '8복'이다.

이 성경의 '8복'을 보면서 재미있는 사실을 발견하게 되는데, 그
것은 윤동주의 「그 여자」나 「투르게네프의 언덕」과 같은 풍자시들
이 사포의 「한 여자」라든가 투르게네프의 「거지」처럼 텍스트가 있
었다는 점이다. 마찬가지로 그의 「팔복」도 '마태복음 5장 3-12'라
는 원전이 있다는 것이며, 윤동주의 현실에 대한 절망이 살점이 떨
어지듯이 아프게 드러나고 있다는 점이다.

윤동주의 「그 여자」나 「투르게네프의 언덕」이 위선적인 것을 폭
로하는 풍자시라면 이 '팔복' 마태복음 5장 3-12(1940.12)은 보다
깊은 절망의 수렁에서 폐부를 찢는 소리였던 것이다.

슬퍼하는 자는 복이 있나니

슬퍼하는 자는 복이 있나니

슬퍼하는 자는 복이 있나니

슬퍼하는 자는 복이 있나니

슬퍼하는 자는 복이 있나니

슬퍼하는 자는 복이 있나니

슬퍼하는 자는 복이 있나니

슬퍼하는 자는 복이 있나니

저희가 영원히 슬플 것이오

이 시를 두고 평론가 K는 「운명애와 부활정신」에서 "마태복음 5장 3-12라는 원전이 밝혀져 있는 이 작품은 신앙심에 직접 뿌리를 두고 있는 것이 특징이다. 현실의 고통과 운명의 슬픔을 인정하고, 오히려 즐겁게 받아들이려는 기독교적 수난 의식과 긍정적 사랑을 표현한 것이다. 실상 많은 작품들이 이러한 신앙적 사랑에 원천을 두고 있다. 무엇보다도 윤동주의 '사랑'에서 핵심이 되는 것은 자기에게 따르는 사랑의 변증법적 과정이며, 그 종합·지양의 양태인 운명애적 사랑이다."라고 쓰고 있다.

이것은 이 시를 피상적으로 읽고 있음을 보여 줄 뿐 아니라 그 평가마저 관념적인 서술에 지나지 않다. 왜냐하면, 이 시는 성서에 나오는 '팔복'과 견주어도 알 수 있듯이 단순한 '기독교적 수난 의식과 긍정적 사랑'을 표현하고 있는 것이 아니다. '슬퍼하는 자는 복이 있나니 (여덟 번 반복) 저희가 영원히 슬플 것이오'라고 표현하고 있듯이 마지막 시행은 앞의 시구를 뒤집는 패러독스를 통해 절망을 표명하고 있는 것이다. 이 시보다 더 강렬한 역설로 이루어진 시는 찾기 쉽지 않다.

여기서 '슬퍼하는 자'는 조선 민족일 터이니 일제에 짓밟혀 갈수록 농락당하는 어두운 현실(=절망)에 무슨 복이 있단 말인가?

시인은 그러한 절망의 현실에 대해 침묵만 하고 있는 절대자에게 항의하는 것이다.

이 시에서 '슬퍼하는 자는 복이 있나니'를 여덟 번이나 되풀이한 것은 그만큼 절망의 깊이가 엄청나서이다.

조선 민족에게 안겨진 이 '영원한 슬픔'은 엄청난 절망이자 절대자에 대한 불신이기도 하다.

또 하나 재미나는 것은, 시인의 체취를 느낄 수 있는 육필 원고가 공개됨으로써 윤동주 시의 귀중한 원형을 찾은 점이다. 그의 「참회록」에서와 마찬가지로 「팔복」의 육필시에도 그가 시를 쓰면서 일으켰던 생각의 움직임을 감흥 깊게 읽을 수 있다.

이 「팔복」과 같은 무렵에 쓴 작품으로는 「위로」(1942.12)와 「병원」(1940.12)의 두 편이 있는데, 여기서는 「병원」을 살펴보기로 한다.

살구나무 그늘로 얼굴을 가리고, 병원 뒤뜰에 누워, 젊은 여자가 흰옷 아래로 하얀 다리를 드러내 놓고 일광욕을 한다. 한나절이 기울도록 가슴을 앓는다는 이 여자를 찾아오는 이, 나비 한 마리도 없다. 슬프지도 않은 살구나무 가지에는 바람조차 없다.

나도 모를 아픔을 오래 참다 처음으로 이곳에 찾아왔다. 그러나 나의 늙은 의사는 젊은이의 병을 모른다. 나한테는 병이 없다고 한다. 이 지나친 시련, 이 지나친 피로, 나는 성내서는 안 된다.

여자는 자리에서 일어나 옷깃을 여미고 화단에서 금잔화 한 포기를 따 가슴에 꽂고 병실 안으로 사라진다. 나는 그 여자의 건강이 —아니 내 건강도 속히 회복되기를 바라며 그가 누웠던 자리에 누워 본다.

그의 두 편의 시는 다 같이 현실 세계를 비유해서 형상화한 풍자시다. 풍자란 본디 비평 정신이 깃들 때 비로소 일어나는 심리 작용이다.

윤동주는 이러한 식민지적 상황 속에서 견디기 힘든 고뇌와 갈등을 겪으면서 새해 들어 「십자가」와 그의 대표작 중 하나로 꼽는 「서시」 등을 써내며 생명에 대한 외경의 정신과 희생에 대한 마음을 비길 데 없이 지순한 언어로 나타내고 있다.

여기서는 그의 신앙에 대한 위기도 극복되었다고 볼 수 있다.
그런 의미에서 풍자시를 접고 자기희생과 속죄의 마음으로 돌아간
「십자가」는 주목할 만하다.

쫓아오던 햇빛인데
지금 교회당 꼭대기
십자가에 걸리었습니다.

첨탑이 저렇게도 높은데
어떻게 올라갈 수 있을까요
종소리도 들려오지 않는데
휘파람이나 불며 서성거리다가,

괴로웠던 사나이,
행복한 예수 그리스도에게
처럼
십자가가 허락된다면

모가지를 드리우고
꽃처럼 피어나는 피를

어두워 가는 하늘 밑에

조용히 흘리겠습니다.

이 시는 기독교적 신앙에 바탕을 둔 수난 의식에서 우러나고 있
지만, 그것은 자신에 대한 자책감과 현실적인 고뇌에서 비롯되고
있다.

평론가 K는 이 점에 대해 "윤동주의 저항 의식에 있어서도 그리
스도적 수난 의식과 속죄양 의식이 그 핵심으로 작용한 것이며, 이
점이 투쟁적·전투적 저항 방식의 관점에서 볼 때는 한계적인 것
으로 해석될 수도 있게 된다."고 결론짓고 있다.

평론가 E는 「순수한 고뇌의 절규」라는 글에서 '저항의 형태'에
대해 '원래 저항이란 순수예술의 한 속성이 된다.'고 전제한 다음
"저항의 예술과 순수예술을 이원적으로 분리하는 경향이 최근 우
리 문단을 강하게 지배하고 있으나 예술이란 순수성 그 자체가 가
장 강력한 저항을 나타낸 것임을 수긍해야 될 것이다. 이런 광의의
예술사 속에서 1940년대의 세계문학사는 독특한 유형의 '저항문학'
을 창출해 냈다. …… 이것은 야만에 대한 문명의 저항이요, 독재
와 억압에 대한 자유와 평등의 저항이며, 식민지에 대한 독립의 저
항이었다. 바로 나치 점령하의 프랑스 작가들이 처한 침묵과 저항
의 갈림길은 이런 것이었다. 이들에게 2년 형이란 꿈이었다. 종신

형 아니면 사형의 올가미 속에서 그들은 시와 소설을 썼다. 그것도 선전문이 아닌 순수예술의 경지에 이른 완숙한 글들을 남겼다."

연전 문과 교실에 모인 학생들은 어느 날 종로경찰서에 갇혀 있던 외솔 최현배 선생을 면회하기 위해 수 명의 대표자를 뽑았다. 그리하여 송몽규, 윤동주 등이 외솔을 찾아갔다.

"선생님!"

반가움과 분노에 얽힌 소리로 울먹이자 잠시 입을 떼지 못하던 외솔은 대뜸 꾸짖었다.

"이 못난이들, 우는 이유가 뭔가?"

면회장은 삽시간에 찬물을 끼얹은 듯했다.

"자네들은 장차 이 나라를 짊어지고 갈 기둥과 대들보들이야. 다시 말하면 민족 갱생의 에너지들이란 말야. 그런 젊은이들이 고작 우는 얼굴들이나 하고 한숨만 쉬고 있어. 이 못난이들! 퇴폐주의를 당장 버리지 못해. 그 무기력하고 어두운 얼굴을 버리지 못하느냐 말이야."

그가 사랑의 매질을 하는 동안 학생들은 고개를 떨구고 잠자코 있었다.

"선생님, 저희들도 용기를 내렵니다."

송몽규가 나서서 말했다.

"그렇습니다. 이젠 앉아서 당하지만 않을 겁니다."

이번에는 김삼불이 제2탄을 내쏘았다.

"거듭 말해 두지만 이젠 어둡고 무기력한 얼굴은 의미가 없어. 젊은이는 젊은이다운 기백과 혼을 가지고 살지 않으면 죽은 시체와 다를 것이 없단 말야."

외솔은 이 한마디를 남기고 더는 할 말이 없는 듯 간수를 따라 감방 쪽으로 걸어갔다. 선생의 이 같은 일갈은 학생들의 민족의식을 일깨우려는 데 있었으며, 나날이 어두워가는 조국의 현실에 대한 각성을 촉구하고자 하는 채찍이었다.

이러한 깨우침은 급기야 뜻있는 학생들의 피를 끓게 만들었다.

그동안 동면 상태로 들어갔던 문우들이 연희전문 동창회지 『문우』의 발간을 통해서 민족의식의 앙양을 기하자는 데 뜻을 모았다.

동주와 몽규는 그동안 조선어가 폐지되자 이는 필연코 조선문학을 소멸시키게 될 것이며, 나아가 조선 민족의 얼을 앗기게 된다는 판단 아래 중단됐던 『문우』의 발행을 서둘렀다.

이 시기에 동주는 「길」(1941.9)에서 하나의 의지를 표명하고 있다.

잃어버렸습니다.
무얼 어디다 잃었는지 몰라

두 손이 주머니를 더듬어
길에 나아갑니다.

돌과 돌과 돌이 끝없이 연달아
길은 돌담을 끼고 갑니다.

담은 쇠문을 굳게 닫아
길 위에 긴 그림자를 드리우고

길은 아침에서 저녁으로
저녁에서 아침으로 통했습니다.

돌담을 더듬어 눈물짓다
쳐다보면 하늘은 부끄럽게 푸릅니다.

풀 한 포기 없는 이 길을 걷는 것은
담 저쪽에 내가 남아 있는 까닭이고

내가 사는 것은
잃은 것을 찾는 까닭입니다.

이 작품의 제6연에 '풀 한 포기 없는 이 길을 걷는 것은' 자신의
존재가 상기 남아 있는 까닭이라고 하면서 마지막 연의 '내가 사는
것은' 다만 '잃은 것을 찾는 까닭' ― 즉 일제에 의해 짓밟힌 조국
을 찾기 위해서임을 이 시에서는 상징적으로 노래하고 있다.

그러기에 길은 영혼을 향해 트인 길이요, 삶의 확인을 증명하는
통로요, 또한 생명과 모든 잃어버린 것들의 부활을 약속하는 밝음
의 길인 것이다.

윤동주는 졸업을 앞둔 몇 달 전 이양하 선생을 찾아갔다.

"윤 군은 요즘도 조선말로 시를 쓰나?"

"네, 가끔이요……."

"그러고 보니 외모뿐 아니라 마음도 상당한 미남이군."

이 교수가 미남이라고 추켜세우듯 그의 외모는 청수했다. 둥그스
름한 얼굴에 곧은 콧날하며 시원한 눈매는 한눈에 봐도 샌님을 연
상시킨다. 게다가 늘씬한 키에 균형 잡힌 몸매는 날씬했다.

훤한 이마에 밝은 표정은 온화한 분위기를 자아냈으며 나무랄
데 없는 멋쟁이였다. 그는 술을 즐기지는 않았으나 한잔 술에 얼큰
하면 옛날 용정 시절에 애창했던 민요 「기다림」을 곧잘 흥얼거렸
다.

새봄이 다 가도록

기별조차 없는 님

가을밤 안신雁信까지

또 어찌 참으래요

두만강 눈얼음은

다 풀리어 간다는데

새봄이 아니오라

열세 번 넘어와도

못 참을 나랴마는

가신 님 날 잊을까

강남의 연자燕子들은

제 집 찾아 다 왔는데

1941년 12월, 졸업을 앞두고 동주는 자신이 손수 쓴 자선 시집 19편을 묶어 제목을 처음에 「병원」으로 정하려 했다.

"형, 「병원」이란 제목은 삭막해요."

후배인 병욱은 의문을 제기했다.

"내가 시집 제목을 「병원」으로 정해본 것은 세상이 온통 환자 투성이라서 그런거요. 병원은 환자의 병을 고치기 위해서 있고, 환자들은 병원을 찾아가야 병을 고칠 수 있는 것이기에……."

"형의 뜻을 모르는 바 아니지만 좀 더 부드럽고 시원한 제목이면 좋겠어요."

"그럼, 「하늘과 바람과 별과 시」는 어때?"

"먼저 것보다 훨씬 마음에 들어요."

시집 제호가 정해지자 그는 자선 시집 『하늘과 바람과 별과 시』를 77부 한정판으로 출판할 양으로 이양하 교수댁을 찾아갔다.

하지만 작품이 시대 상황과 맞지 않으니 보류하라는 이 교수의 충고를 받아들여 출판은 뒤로 미루어지고 우선 세 부의 시선집을 만들게 된 것이다.

이 같은 자선 시집 계획이 무산된 날 밤 그는 새벽이 되도록 끙끙거리더니 「간肝」이라는 시를 써냈다.

1941년 11월 29일, 이 「간」을 쓴 지 9일 만에, 일제는 하와이 진주만을 기습, 선전포고 없는 태평양전쟁이 벌어진다.

1942년 3월에 예정된 연전의 졸업식도 1941년 12월 27일로 앞당겨졌다.

이 「간」이라는 작품이 흥미를 끄는 것은, 두 개의 설화를 골격으로 하여 이루어지고 있기 때문이다.

바닷가 햇빛 바른 바위 위에

습한 간을 펴서 말리우자.

코카서스 산중에서 도망해 온 토끼처럼
둘러리를 빙빙 돌며 간을 지키자.

내가 오래 기르던 여윈 독수리야!
와서 뜯어먹어라, 시름없이

너는 살찌고
나는 여위어야지, 그러나

거북이야!
다시는 용궁의 유혹에 안 떨어진다.

프로메테우스 불쌍한 프로메테우스
불 도적한 죄로 목에 맷돌을 달고
끝없이 침전하는 프로메테우스

여기에는 '귀토龜兔 설화'와 프로메테우스에 얽힌 설화가 등장하
는데, 두 이야기는 간이라는 주제를 매개로 서로 결합하고 있다.

귀토 설화는 자라의 유혹에 넘어가 하마터면 죽을 뻔한 토끼가 기지를 발휘하여 목숨을 건진다는 이야기다.

그런데 「간」에 설정된 토끼는 1연에서 지상으로 돌아와 '간'을 바닷가에서 말린다. 2연에서는 귀토 설화에 프로메테우스의 설화가 이어지고, 이 간은 날마다 쪼임을 당하면서도 새로 돋아난다는 것이다. 토끼로 형상화된 화자는 '독수리'를 스스로 길렀으며, 3연에서는 같이 자기 간을 뜯어먹도록 한다.

이때 '독수리'의 존재가 문제 되는데, 그것은 자기의 밖에 있는 존재가 아니라, 바로 자신의 간을 쪼며 자신에게 아픔을 주는 자아의식에서 비롯되고 있다.

스스로 가하는 아픔은 안식 대신 고통을 선택한다는 것이며, 여기에는 참회와 같은 반성적 의식이 드러난다.

제5연은 어떤 고통과도 맞서서 유혹으로부터 자신을 지켜야 한다는 의식과 깨달음에 이르고 있음을 프로메테우스의 실화를 대비시켜 상징적으로 잘 결합하고 있다.

이상에서 살핀 바와 같이 연전 4년은 윤동주에게 그의 짧은 생애 동안 가장 왕성한 시작 생활을 했던 시기이다.

부관연락선

그는 친구들과 친근하고 후배에겐 자상한 선배였으나 시에 대해서만은 엄격하였다.

"동주, 이 대목은 좀 어떤가?"

그의 원고를 읽다가 어떤 어휘를 지적하는 경우가 있어도 그는 응하려 하지 않았다. 조용히 혼자 깨물어서 시를 일구어 내는 것이 그의 시작태도였다.

그는 시를 쉽게 써서 원고지에 퇴고하는 법이 별로 없었다. 한 편의 시가 이루어지기까지는 몇 주, 몇 달 동안을 끙끙거리다가 한 번 종이 위에 옮겨 놓으면 그것으로 완성을 본 것이다.

그 보기로 1941년 5월 31일 자 일부가 적힌 두 편의 시를 음미해 보자.

하얗게 눈이 덮이었고
전신주가 잉잉 울어
하나님 말씀이 들려온다.

무슨 계시였을까.
빨리
봄이 오면
죄를 짓고

눈이
밝어
이브가 해산하는 수고를 다하면
무화과 잎사귀로 부끄런 데를 가리고
나는 이마에 땀을 흘려야겠다.

　　　　　　　　　　　　　　　　　　－ 「또 태초의 아침」

태양을 사모하는 아이들아
별을 사랑하는 아이들아
밤이 어두웠는데

눈 감고 가거라.

가진 바 씨앗을

뿌리면서 돌이 채이거든

감았던 눈을 와짝 떠라

　　　　― 「눈 감고 간다」

동주가 이 시를 쓸 즈음 시대적인 상황은 극한으로 치닫고 있었다. 전쟁의 먹구름이 드리우고 있었으며 많은 젊은이들에게 징집영장이 날아오는 막막한 시대였다.

막바지에 이른 일제는 유학 가 있는 아들에게 '귀가'하라는 편지를 쓰라고 아버지를 협박한 다음 귀향길에 오른 유학생을 전쟁터로 마구 끌고 가는 야만적인 방법을 서슴지 않았다. 부관연락선은 '덫의 길목'이었다.

당시 일본 주오대학 예과 졸업반이었던 윤우현은 부관연락선 안에서 일제의 학도병으로 끌려갔던 사람이다. 그는 학도병으로 끌려가지 않기 위해 도쿄의 하숙집에서 숨어 지내다 "급히 귀가하라"는 아버지의 편지를 받고 고향인 전주로 가던 길이었다. 학생복 대신 일반인을 가장하기 위해 변장했지만 배 안에서 대기 중이던 일본 고등계 형사는 단번에 그를 색출해 냈다. 사냥꾼의 손에는 이미 그의 사진과 '학도병지원서'가 준비되어 있었다.

그처럼 부관연락선 안에서 왜경에 붙잡혀 강제 징병된 학생은 윤우현 한 사람만이 아니었다. 그날 같이 배 안에 있던 학생 역시 일본에 은신해 있다가 귀가하라는 부형의 연락을 받고 귀향하던 중 30여 명 모두 붙들려 강제로 학도 지원병으로 끌려갔다.

귀가하라는 부형의 그 같은 편지는 일경의 협박과 강압에 못 이겨 그들이 만들어 온 글귀대로 편지를 썼던 것이다.

일제는 태평양전쟁에서 패전의 기미가 보이고 병력난이 닥치자, 이른바 '조선학도지원병령'을 만들어 강제로 이들을 끌어갔다.

일제가 그 일에 얼마나 혈안이 되고 악랄한 방법을 동원했는가는 윤우현의 아버지가 겪었던 일들로 짐작할 수 있다.

전주경찰서는 그의 아버지를 경찰서로 나오라며 아들을 조선으로 불러오도록 윽박질렀다. 그의 아버지가 순순히 응하지 않자 경찰은 그의 집에 양식 배급을 중단해 버렸다. 이에 그치지 않고 그들은 그의 가족을 만주로 이주시키겠다고 갖은 협박을 해댔다.

또한, 학도지원병에 응하지 않은 학생의 일가친척이 관공서 등에 다니고 있으면 그들을 직장에서 내쫓으려드니 옴짝달싹할 수 없는 상황이었다.

부관연락선은 왜경이 조선의 학생들을 낚아채는 블랙홀이었다.

「눈 감고 간다」에서 그는 이처럼 어두운 시대에 분명한 것을 판단하고 행동한다는 것은 불가능한 일이니, 훗날을 기약하기 위해

눈을 감고서도 행동해야 한다고 이야기했다. 그래서 이 시에서는 비극적인 희생을 무릅쓰는 그러한 마음의 표백을 읽을 수 있다.

이제부터는 윤동주의 대표작으로 꼽히는 「서시」에 대해 살펴보기로 한다.

죽는 날까지 하늘을 우러러
한 점 부끄럼이 없기를,
잎새에 이는 바람에도
나는 괴로워했다.
별을 노래하는 마음으로
모든 죽어 가는 것을 사랑해야지
그리고 나한테 주어진 길을
걸어가야겠다.

오늘 밤에도 별이 바람에 스치운다.

이 시를 읽는 데 먼저 생각해야 할 것은 1행에서 4행까지의 문맥을 어떻게 파악하고 이해하느냐 하는 문제다.

첫 번째의 읽기는, 1행에서 4행까지를 한 단락으로 본다는 것으로, '한 점 부끄럼이 없기를'은 목적어이며 '부끄럼이 없기를 괴로위했다'는 말은 의미 내용이 모호하다는 주장이다.

두 번째의 읽기는, 1, 2행을 생략문으로 읽어야 한다는 것이다. 물론 이 두 가지 읽기에 대한 어떤 결론이 난 것은 아니지만, 그 행 끝에 쉼표가 있는 것은 그 1, 2행이 생략문으로 되었음을 나타내는 부호로 봐야 한다는 것이다.

그런데 이 시 읽기에 있어 또 하나의 문제는 시인이 시적 모티브로 했던 비유적 의미 내용에 대한 것이다. 다시 말하면 이 시에 대한 상황적 의미와 구조적 의미 중 어느 것에 무게를 두어야 하는가 하는 점이다.

평론가 N은 「어둠에서 생겨나는 빛의 공간」이란 글에서 윤동주의 「서시」를 분석하는 가운데 시를 시적 구조의 층위에서 읽지 않고 전기적·상황적 층위에서 읽는 것이 얼마나 위험하고 또 비非시적인 것인가를 다음과 같이 말하고 있다.

"정치적 층위에서 읽으면 「서시」는 항일 저항시가 되어, '오늘밤'의 밤은 식민지의 암흑기가 되고 '별'은 해방과 독립의 희망이 된다. 그리고 '잎새에 이는 바람'은 우리 민중에게 다가오는 일제 침략자가 될 것이다. 두말할 것 없이 '나한테 주어진 길'은 독립의 길이 될 것이다. 결국 그렇게 되면 우리가 일제로부터 벗어나 해방과 독립을 이룩한 오늘날에 「서시」의 감동은 변질·반감될 것이고, 상황의 변화에 따라 그 의미도 묵은 신문지처럼 퇴색하고 말 것이다. 만약 감동이 있다 히더라도 독닙기념관의 유물과 같은 반성과 교훈이 강한 것이 되고 만다. 지금 읽어도 이 시의 감동이, 그리고 그 상징성이 짙게 전달되는 것은, 이 시의 구조가 외부의 정치적 층위에 의존되어 있는 것이 아니라 자율적인 구조, 좀 더 풀어서 이야기한다면 외부적 상황과 단절되어도 그 안에서 의미를 생성하는 특수한 내재적 구조를 가지고 있기 때문이다. 쉬운 말로 일제 식민지와 관계없는 역사 속에서 살았던 서구인들이 읽어도, 심지어 그를 고문하였던 일본 관헌들이 (시적 감수성을 지니고 있었다면) 읽어도 이 「서시」는 아름다운 감동을 일으켜 줄 것이다. 정치적 상황이나 종교적 이데올로기를 모두 제외하여도 이 시가 시로서 존재하는 것은, 지금 말하자면 이상에서 살펴본 대로 반대의 것을 통합하는 시적 긴장과 상상력을 지니고 있기 때문이라 할 수 있겠다."

그의 주장인즉슨 이른바 몰톤류의 관념미학에서처럼 시인이 시를 쓰게 된 시대적 상황이라든가, 시의 모티브에 대한 정황을 제쳐두고 시적 구조의 층위에서만 읽으라는 것이다.

여기서 잠깐 T·S 엘리엇의 「황무지」를 보기로 들어 보겠다.

4월은 가장 잔인한 달,
죽은 땅에서 라일락은 자라고

추억과 정욕이 뒤엉키고

잠든 뿌리는 봄비로 깨어난다.

겨울은 차라리 따스했거니

대지를 망각의 눈으로 덮고

메마른 구근으로 작은 목숨을 이어 줬거니.

1922년에 발표된 T·S 엘리엇의 「황무지」는 제1부 '죽은 자의 매장', 제2부 '체스 게임', 제3부 '불의 설교', 제4부 '익사', 제5부 '우뢰가 말한 것'으로 이루어진 433행의 장시이다. '4월은 가장 잔인한 달'이라는 시구는 극히 역설적인 표현이지만, 이것은 단순한 역설이 아니라 '황무지'의 '겨울은 차라리 따스했거니'라는 역설 또한 제1연의 그것과 맞물려 있다.

그런데 이 시를 이해하기 위해서는 먼저 이 시가 쓰인 시대적 상황 곧 제1차 세계대전 후의 구라파적 상황을 파악하지 않으면 안 된다. 전쟁에 의해 잿더미로 변해 버린 구라파의 현실, 즉 황무지 인간의 삶은 실은 죽음이며, 따라서 그들은 가사 상태에서 잠들고 있는 것에 지나지 않다는 패러독스인 것이다.

우리는 한 편의 시를 접할 때 시인이 삶을 살았던 현실이나 시적 모티브의 구체적인 인식을 통해 그 시의 뿌리를 알게 되며, 감동도 받게 되는 것이다.

또 하나의 보기를 들면, 심훈의 「그날이 오면」은 일제하의 저항
시로, 이들 민족 저항시인들은 일제에 의해 짓밟힌 겨레의 고통을
어떻게 노래했는가.

그날이 오면,

그날이 오면은

삼각산이 일어나 더덩실 춤이라도 추고

한강 물이 뒤집혀 용솟음칠 그날이

이 목숨이 끊기기 전에 와 주기만 할 양이면

나는 밤하늘에 나는 까마귀와 같이

종로의 인경을 머리로 들이받아 울리오리다

두개골이 깨어져 산산조각이 나도

기뻐서 죽사오매 오히려 무슨 한이 남으오리까

그날이 와서, 오오 그날이 와서

육조 앞 넓은 길을 울며 뛰며 뒹굴어도

그래도 넘치는 기쁨에 가슴이 미어질 듯하거든

드는 칼로 이 몸의 가죽이라도 벗겨서

커다란 북을 만들어 들쳐메고는

여러분의 행렬에 앞장을 서오리다.

우렁찬 그 소리를 한 번이라도 듣기만 하면

그 자리에 꺼꾸러져도 눈을 감겠소이다.

이 시는 어떤 메타포나 은유적 이미지의 제시 없이 육성 그대로를 분출시킨 저항시다. 나치즘의 절대 권력이 지배하던 시대에 단두대의 이슬로 사라진 젊은 신학자 본 헤퍼는 우리에게 많은 것을 시사해 준다. 그는 신을 빙자한 모든 우상을 파괴하고 현대를 사는 억눌린 사람들의 마음속에다 그리스도의 생생한 목소리를 들려준 사람이다. 이러한 암흑의 시대에도 심훈·이육사·윤동주 같은 시인들은 별을 우러러 겨레의 암흑을 지우려 했으며, 제 몸의 가죽을 벗겨 북을 만들어 겨레의 행렬에 앞장서 나서겠다고 높이 외쳤던 것이다.

옥스퍼드 대학의 시학 교수였던 세실 M.바우라는 일찍이 독일 시인 한스 베르만 슈타이너와 심훈의 저항시 「그날이 오면」을 비교 분석하는 글, 「한국 저항시의 특성」에서 "그들이 얼마나 가혹한 고난에 직면했느냐는 것은 심훈(1904~1937)의 시 「그날이 오면」을 통해 알 수 있다. 그는 살아서 희망의 날을 보지는 못했지만 그 희망의 실현이 무엇을 의미하는가는 확실히 상상하고 있었던 것이다."라고 말하고 있다.

그 희망의 실현이 무엇이겠는가? 그것은 우리의 독립이요, 해방이 아닌가. 그런 해방을 갈망하며 맞이하였으니, 앞서 말한 평론가

N의 논법대로 '정치적 층위'에서 그런 시를 읽게 되면 「그날이 오면」의 감동은 변질·반감되고 상황의 변화에 따라 그 의미도 묵은 신문지처럼 퇴색되고 독립기념관의 유물과 같은 것이 되고 만다는 것인가?

그래서 그는 윤동주의 「서시」나 「그날이 오면」 같은 시를 저항시로 읽지 말고 '구조의 층위'에서 읽으라는 것이다. 그런데 바우라는 일제 식민지와 관계없는 상황에서 살았던 영국인이며 시적 감수성을 훌륭히 타고난 시학 교수인데도 왜 '구조의 층위'에서 읽지 않고 '상황적 층위'에서 읽은 것일까.

그것은 그러한 시가 관념의 선입견에 의한 구조적 층위에서가 아니라 일제의 압제에서 빛을 찾으려는 시인의 혼불이 타고 있기 때문이다.

윤동주가 처한 상황은 밤이요, 어둠이었다. 이러한 상황과 그 어둠 외에도 그는 '생계'라고 하는 갈등의 세계에 직면하게 된다.

그가 고향에서 여름방학을 마치고 서울로 돌아온 후, 연전 졸업을 앞둔 마지막 학기에 쓴 시 「또 다른 고향」(1941.9)을 보자.

고향에 돌아온 날 밤에
내 백골이 따라와 한 방에 누웠다.

어둔 방은 우주로 통하고
하늘에선가 소리처럼 바람이 불어온다.

어둠 속에 곱게 풍화작용 하는
백골을 들여다보며
눈물짓는 것은 내가 우는 것이냐
백골이 우는 것이냐
아름다운 혼이 우는 것이냐

지조 높은 개는
밤을 새워 어둠을 짖는다.

어둠을 짖는 개는
나를 쫓는 것일 게다.

가자, 가자
쫓기우는 사람처럼 가자
백골 몰래
아름다운 또 다른 고향에 가자.

이 시는 그의 시 중에서도 「간」이라는 작품과 함께 난해시로 분류된다. 이 시에서는 '나'와 '백골'과 '아름다운 혼'이 등장하고, 이세 가지 자아의 모습이 서로 갈등하면서 전개된다. 3~4연에서 '어둠을 짖는 개는/ 나를 쫓는 것'이라고 단정하는 시인은 '백골 몰래/ 또 다른 고향'에 가자고 한다.

여기 나오는 '나'가 현실의 자기 자신이라면 '백골'이란 무엇인가? 그것은 자기 자신이되 꿈이 박제된 존재요, '아름다운 혼'이란 이상향을 찾는 자신의 일컬음이 아닐까.

그런데 문제는 자기 자신의 꿈이 박제된 '백골'은 생활인으로서의 자신과는 별개의 자신이며, 이것이 그가 졸업을 앞두고 부닥친 고민의 하나라고 여겨진다.

이에 대해서는 윤동주와 같이 하숙을 했던 정병욱이 「잊지 못할 윤동주의 일들」에 소상히 전하고 있다.

"여름방학이 끝나고 가을 학기에 올라와서 우리는 다시 이삿짐을 꾸리고 이번에는 북아현동으로 옮겼다. 7, 8명의 하숙생이 들끓는 전문적인 하숙집이었다. 오붓하고 가족적인 분위기에서 뒤숭숭한 전문적인 하숙집으로 옮겨 온 우리는 퍽 당황했다. 어딘가 어설프고 번거롭고 뒤숭숭한 그런 분위기였다. 게다가 졸업반인 동주 형의 생활은 무척 바쁘게 돌아갔다. 진학에 대한 고민, 시국에 대한 불안, 가정에 대한 걱정, 이런 일들이 겹치고 겹쳐서 동주 형은 이때 무척 괴로워하는 눈치였다."

1941년 9월, 인생의 네 갈림길에서 갈피를 잡지 못하는 절박한 상황 속에서 그의 대표작으로 알려진 주요 작품들이 쓰여졌다. 즉 「또 다른 고향」, 「별 헤는 밤」, 「서시」, 「간」 등은 이 무렵에 쓴 시들이다.

윤동주가 방학 중 고향에 돌아와 가족들과 졸업 후에 대한 의논이 있었던 일을 아우 일주는 이렇게 말하고 있다.

"연전 졸업을 앞둔 무렵이었다. 용정 집에서 할아버지를 비롯한 어른들이 계시고 두 형(동주, 몽규)이 있는 자리에서 연전을 마친 후의 일에 대한 이야기가 나왔을 때였다. 할아버지께서 세상 어른들이 자식에 대해 바라는 소박한 기대, 즉 사회에 나가 자리 잡아 활동하고 일가를 이끌어가는 등의 기대를 피력하셨을 때, 몽규는 대뜸 '저희들이 그렇게 살기 위해 공부하는 줄 아십니까.' 하고 나왔다. 자기들에게는 보다 큰 이상이 있다는 식이었는데, 동주는 옆에서 '쉬쉬'하며 어른들께 그렇게 말대꾸하는 것을 애써 만류했다."

윤일주의 이 증언은 「또 다른 고향」을 이해하는 데 시사하는 바가 크다. 곧 현실의 자기 자신인 나에게 소박한 기대에 따라야 하는 존재가 '백골'이라는 꿈이 박제된 '나'의 또 다른 자화상인 것이다. 전에 아버지가 연전문과 지망을 극구 반대했던 것도 장래의

'생활'은 어찌하겠느냐는 기우 때문이었다.

그러한 갈등은 이 시의 제3연에 잘 나타난다.

고향에 돌아온 날 밤에

내 백골이 따라와 한 방에 누웠다.

그런 백골이 함께 한 자리에 바람이 와서 소리치니 '내'가 우는 것인지 '백골'이 우는 것인지, 아니면 '아름다운 혼'이 우는 것인지 분간할 수 없도록 갈등과 혼란은 극치에 이른다.

나를 따라와 '백골'이 누운 고향에 안주할 수 없는 영혼으로서 '나'는 백골과 '아름다운 혼'이 빚는 갈등을 의식하는 자아—이렇게 시인이 '이상'과 '현실' 그리고 '의리'와 가족적인 정 사이에서 갈등하며 고뇌하는 모습이 「또 다른 고향」으로 형상화되었다고 볼 수 있다.

윤동주가 연전 졸업을 앞두고 19편을 묶어 자선 시집을 내려고 한 그 차례 맨 마지막에 나오는 시가 「별 헤는 밤」(1941.11.5)이다.

계절이 지나가는 하늘에는

가을로 가득 차 있습니다.

나는 아무 걱정도 없이
가을 속의 별들을 다 헤일 듯합니다.

가슴속에 하나 둘 새겨지는 별을
이제 다 못 헤는 것은
쉬이 아침이 오는 까닭이요,
내일 밤이 남은 까닭이요,
아직 나의 청춘이 다하지 않은 까닭입니다.

별 하나에 추억과
별 하나에 사랑과
별 하나에 쓸쓸함과
별 하나에 동경과
별 하나에 시와
별 하나에 어머니, 어머니,

어머님, 나는 별 하나에 아름다운 말 한마디씩 불러봅니다.
소학교 때 책상을 같이했던 아이들의 이름과, 패佩, 경鏡, 옥玉 이
런 이국 소녀들의 이름과 벌써 아기 어머니된 계집애들의 이름과
가난한 이웃사람들의 이름과 비둘기, 강아지, 토끼, 노새, 노루, 프

랑시스 잠, 라이너 마리아 릴케, 이런 시인의 이름을 불러 봅니다.

이네들은 너무나 멀리 있습니다.
별이 아슬히 멀듯이,

어머니,
그리고 당신은 멀리 북간도에 계십니다.

나는 무엇인지 그리워
이 많은 별빛이 내린 언덕 위에
내 이름자를 써 보고,
흙으로 덮어 버리었습니다.

딴은 밤을 새워 우는 벌레는
부끄러운 이름을 슬퍼하는 까닭입니다.

그러나 겨울이 지나고 나의 별에도 봄이 오면
무덤 위에 파란 잔디가 피어나듯이
내 이름자 묻힌 언덕 위에도
자랑처럼 풀이 무성할 거외다.

이 작품은 그의 시 가운데서도 가장 호흡이 길고 시심이 섬세하게 육화肉化된 시다. 또한 마지막 10연에서는 섬뜩한 전율마저 느껴진다. 자신의 운명을 예언한 듯한 시인의 영감이 느껴지기 때문이다.

해방 후 출간된 『하늘과 바람과 별과 시』가 햇빛을 보고 새로 발견된 유고를 더하여 윤동주 전집을 출간할 때 아우 일주는 「유고를 공개하면서」를 서문에 얹어 그 경위를 말하고 있다.

"여기 처음 발표되는 사형舍兄의 유고들은 새로 발견된 것은 아니다. 1946년에 출간된 유작 시집 『하늘과 바람과 별과 시』(작품 30편 수록)와 1955년에 출간된 유고 전집(책 제목은 같으며, 93편 수록)을 편집할 때, 고인이 살아 계신다면 탐탁지 않게 생각하리라고 믿어져 미루어 놓았던 몇 편의 작품이 있었다. 그 후 20년 가까이 경과하는 동안, 많은 분들이 유고의 출처에 대하여 물어 왔고, 또한 미발표 원고의 발표를 간청하기도 했다. 원고의 출처는 1967년, 시집 중간 시 말미에 추가로 밝혔고, 또한 1970년에 고인의 25주기를 기념하여 친필 원고 전부와 유품들을 전시회 형식으로 공개한 바 있다. 그러나 미발표분의 인쇄화는 늘 보류해 왔으며, 이번에 이것을 발표하면서도 무척 망설였다. 형님은 작품을 닦고 다

들어 완성되기 전에는 남에게 보이지 않았고, 앞뒤에 쓸데없는 자랑 같은 것이 붙은 시집은 못마땅하게 생각했어요. 그만큼 그의 시작 태도는 엄격했죠. 일제 말인 그 시절에 언제 발표될지 모를 시를 외롭게 써 모았던 것을 보면 그의 시에 대한 태도를 알 수 있으며 그러한 형님이었기에, 그가 살아 있다면 더 다듬거나 없애 버렸을 것이라고 생각되는 작품들을 내가 함부로 발표할 수 있겠는가 하는 마음이 늘 앞섰어요. 시집 후기에도 썼듯이, 일제 말 땅속에 묻혔다 햇빛을 보게 되었거나 해방 후 38선을 넘어 가져온 유고들이 6·25동란을 거쳐 지금 친필 원고 그대로 남아 있는 것은 얼마나 다행한 일인지 모르죠. 여기 발표한 8편 중 7편은 1936~1937년의 작품으로 평양의 숭실중학교와 간도의 광명중학교 시절에 쓴 것입니다. 그 시절, 어린 나에게까지 고국에 대한 동경과 문학에 대한 열의를 갖게 했던 분위기와 여러 장면들이 지금도 눈에 선하게 기억나요. 일본에서 체포될 때 압수당한 많은 작품들이 언젠가 나타나 이렇게 발표되었으면 얼마나 좋을까 생각을 해봅니다."

동주는 연전을 마치고 졸업장과 함께 정성스럽게 자필로 쓴 자선 시집 『하늘과 바람과 별과 시』를 들고 고향집에 돌아왔다. 아버지에게 인사를 드리면서 그는 간도에 머물러 후진 양성이라도 하겠노라고 자신의 의사를 비쳤다.

"일본은 태평양전쟁을 일으켜 조선의 젊은이들을 그대로 놓아두지 않을 것이니 아예 일본 유학을 떠나도록 해라."

그때 곁에 있던 어머니가 한마디 덧붙였다.

"몽규는 일본 대학에 공부하러 간다는데 너도 이곳에 있지 말고 동경으로 건너가 대학을 마쳐야지."

"저도 일본 대학으로 가서 공부를 더 하고 싶지만, 저 혼자만의 영달을 위하는 것 같아 마음이 허락지 않습니다."

"아무 소리 말고 공부 더 할 생각 해. 네 학자금은 댈 수 있으니까 다른 생각은 말고……."

어머니는 완강하게 그의 대학 진학을 종용했다.

"그럼, 좀 더 생각해 보렵니다."

"일본에 가면 영춘 아저씨도 있고, 외롭지 않을 거다."

일본에는 이미 당숙 윤영춘이 가 있었고, 고종형 송몽규도 교토 대학 입학을 서두르고 있었다. 일본 유학을 가려면 먼저 창씨개명을 해야 하고, 그래서 그의 성은 히라누마로 둔갑하게 된다. 그는 이제 성마저 앗겨야 하는 치욕과 모순 속에 몸부림쳐야 했다.

파란 녹이 낀 구리거울 속에

내 얼굴이 남아 있는 것은

어느 왕조의 유물이기에

이다지도 욕될까.

나는 나의 참회의 글을 한 줄에 줄이자
―만 이십사 년 일 개월을
　무슨 기쁨을 바라 살아 왔던가.

내일이나 모레나 그 어느 즐거운 날에
나는 또 한 줄의 참회록을 써야 한다.
―그때 그 젊은 나이에
　왜 그런 부끄런 고백을 했던가.

밤이면 밤마다 나의 거울을
손바닥으로 발바닥으로 닦아 보자.

그러면 어느 운석 밑으로 홀로 걸어가는
슬픈 사람의 뒷모양이
거울 속에 나타나 온다.
　　　　　　　　　　― 「참회록」(1942.2.4)

이 시는 그가 유학을 떠나기 전 서울에서 쓴 마지막 작품이다.

그의 육필 시에 엿보이듯이, 원고지 한 장에 고친 자국도 없이, 한 달음에 써낸 이 시는 그만큼 영감의 힘을 빌어서였을까.

그리고 이 시에서도 나타나는 '부끄러움'이라는 어휘는 윤동주의 후기 시에 자주 나타나는 매우 의미 있는 말이요, 고해성사와 같은 뜻을 지니고 있다.

당시 조선 청년이 일본 유학을 위해 부관연락선에 오르기 전 창씨개명은 피할 수 없는 일이었다. 이후 그의 시에 자주 나오는 말이 '부끄럽다'는 어휘다. 「서시」를 비롯하여 「길」, 「별 헤는 밤」 「참회록」, 「사랑스러운 추억」, 「십자가」, 「쉽게 씌어진 시」(1942.6) 등이다.

식민지 지배하에 우리말과 성을 앗기고 민족문화마저 말살당한 어두운 현실 속에서 그는 원죄 의식과 함수羞羞의 감정을 억누를 수 없어 시편마다 '부끄러움'과 '십자가'에서처럼 혈서를 써냈던 것이다.

연전을 마친 송몽규는 교토제대 서양사학과에 입학했다.

동주는 처음 릿쿄대학 영문과에 입학했으나 후에 교토에 있는 도지샤대학 영문과로 편입하게 된다.

하루는 릿쿄대학에 다니는 친구로부터 동주에게 입학 절차를 밟으라는 전보가 날아들었다.

"어머니, 저는 며칠 새 일본으로 떠나야겠습니다."

"그래, 빨리 떠나서 대학에 들어가 학업을 계속해야지."

병환이 깊은 어머니는 시름겨운 낯빛인데도 반가운 소식을 듣자 그의 손을 꼬옥 쥐고 말했다.

"제가 떠난 후에도 탕약 드시는 거 잊지 마시고 빨리 쾌차하시도록 해요."

"글쎄다, 약을 마시면 낫기는 낫겠제. 하느님 보살핌도 계실 거고."

동주의 집안이 독실한 기독교 집안이었던 만큼 어머니도 마음속에 하느님을 모시며 투병 중이었다.

동주가 짐을 챙겨 명동촌을 떠날 때 일주는 마을의 놀이터에 가 있었기 때문에 나중에야 그것을 알고는 눈물을 글썽였다. 늘 정거장에 나가 형을 맞고 또 바래주던 터라 서운하고 허전했던 것이다.

동주는 아우를 끔찍이 사랑해 「아우의 인상화」 외에도 「애기의 새벽」, 「산울림」 등을 남기고 있는데, 이 같은 동시는 여느 날 일주를 데리고 산책을 나설 때 흥이 나면 즉흥적으로 썼던 동시들이다.

동주는 집을 떠나면서도 어머니 걱정을 뇌이고 또 뇌었다.

그런데 동주가 일본에 가서 릿쿄대학에 다니고 있는 줄만 알고 있었는데 어느 날 도지샤대학으로 편입했다는 전보를 받고 아버지 영석은 노여움을 비쳤다.

동주는 잠시 도쿄의 한인 YMCA 숙소에 머물다 곧바로 릿쿄대학 근처의 하숙에 들었다.

지금도 도쿄에는 '도쿄 6대학'이라 일컫는 여섯 학교가 있다. 도쿄대학을 비롯하여 게이오, 와세다, 메이지, 호세이, 릿쿄가 그것이다. 이 중 도쿄대학만 국립이고 나머지는 사립이지만 일본을 대표하는 명문대들이다.

릿쿄대학은 도쿄의 이케부쿠로역 근처에 있다. 이 역 주변에는 젊은이들이 들끓는 거리로, 도쿄와 외곽을 잇는 교통의 주요 지점이다.

윤동주는 릿쿄대학에서 한 학기 동안 '영문학 연습'과 '동양철학사'를 수강하다 학교 분위기가 낯설어선지 한 학기를 마치고 도지샤대학으로 옮겨갔다.

그는 릿쿄대학 시절인 1942년 4월에서 6월 사이에 「쉽게 씌어진 시」 등 5편의 시를 써냈다. 그는 릿쿄대 편지지에 정서한 이들 작품을 연전 동창 강처중에게 편지와 함께 보냈다.

도쿄에서 교토의 도지샤대학으로 옮긴 동주는 우에노공원과 니혼바시 근처를 거닐면서 시상에 젖기도 하였다.

하꼬네나 비와코의 풍물에 접해서는 멀리 두고 온 용정촌의 자연을 떠올려 본다.

그는 지난날 사랑했던 자연을 「풍경」에서 이렇게 노래했다.

봄바람을 등진 초록빛 바다
쏟아질 듯 쏟아질 듯 위태롭다.

잔주름 치마폭의 두둥실거리는 물결은
오스라질 듯 한껏 경쾌롭다.

마스트 끝에 붉은 깃발이
여인의 머리칼처럼 나부낀다.

이 생생한 풍경을 앞세우며 뒤세우며
외ㄴ 하로 거닐고 싶다.

―우중충한 5월 하늘 아래로,
―바닷빛 포기포기에 수놓은 언덕으로

　도쿄와 교토에서의 동주는 고독하기 이를 데 없었다.
　그러나 처절한 고독 속에서도 그는 시작을 멈추지 않았다. 그는
고국의 친구들에게 편지 대신 시를 써 보내기도 하였다.
　윤동주가 1942년 가을 학기에 교토 도지샤대학에 편입한 해는
전시 단축으로 1942학년도가 3월에서 9월로 단축되고, 10월 들어

서는 다음 학년도로 들어갔다. 그는 단축된 기한을 마치고 9월에 기말시험을 치른 후 10월부터 도지샤대학 영어영문학 전공으로 편입학했다.

동주는 하숙을 다케다아파트에 정하고 있었다. 자야마라는 동네에 있는 다케다아파트는 주로 학생 하숙을 치던 ㄷ자형 목조 2층 건물이었다.

몽규의 하숙은 다케다아파트 근처에 있는 히라이마찌 60번지였다.

당시 윤영춘은 도쿄 한인 YMCA 회관에 숙식하고 있었는데 그 해(1942년) 겨울 섣달 그믐날 귀성길에 교토의 동주 하숙에 들렀다. 그는 시작과 독서에 핼쑥해진 동주를 야시장의 노점으로 데리고 나와 오뎅과 삶은 돼지고기, 참새구이 등을 권커니 잣거니 해가며 실컷 먹었다.

그날 밤 그의 하숙으로 돌아와서는 밤이 깊도록 시에 대한 이야기를 나누었다. 그러면서도 그는 동주의 파리한 모습에 염려스러운 생각을 감출 길 없었다.

남의 나라 육첩방은 그래도 고독한 시인의 영성 어린 시의 산실이었다.

6조 다다미방에서 추운 줄도 모르고 이경이 지나도록 읽고, 쓰고, 구상하고, …… 이것이 그의 하루하루 삶의 모습이었다.

「쉽게 씌어진 시」는 1942년 6월 3일자 작품이다.

창밖에 밤비가 속살거려
육첩방은 남의 나라,

시인이란 슬픈 천명天命인 줄 알면서도
한 줄 시를 적어 볼까.

땀내와 사랑내 포근히 품긴
보내주신 학비 봉투를 받아

대학 노트를 끼고
늙은 교수의 강의 들으러 간다.

생각해 보면 어린 때 동무를
하나, 둘, 죄다 잃어버리고

나는 무얼 바라
나는 다만, 홀로 침전되는 것일까?

인생은 살기 어렵다는데
시가 이렇게 쉽게 씌어지는 것은
부끄러운 일이다.

육첩방은 남의 나라
창밖에 밤비가 속살거리는데,

등불을 밝혀 어둠을 조금 내몰고
시대처럼 올 아침을 기다리는 최후의 나,

나는 나에게 작은 손을 내밀어
눈물과 위안으로 잡는 최초의 악수.

윤동주는 고향집 용정과 청춘의 고뇌가 서린 서울의 연전 뜰을
떠나 남의 나라 육첩방에서 혼불이 타는 언어들을 구슬처럼 엮어
우리들의 가슴에 잔잔한 충동을 안겨준다. 그는 이처럼 새날이 오
리라는 신념을 줄기찬 시작을 통해 보여준다. 그리고 이 시는 그가
일본에서의 본격적인 시작 활동의 출발이라는 데 의미가 깊다. 한
식민지 청년이 자신은 그들의 시민이 아니라는 것을 '육첩방은 남
의 나라'라고 표백한다. 그런데 「쉽게 씌어진 시」에는 '늙은 교수'

가 등장한다. 그는 도쿄대 명예교수이자 일본 동양철학계의 거목이었던 우노 노교수를 모델로 한 것이다.

우노 교수는 서양철학의 방법을 도입해서 중국철학의 체계를 세운 희대의 학자였기에 윤동주에게 끼친 영향도 컸다.

여기서 한 가지 제기되는 것은, 윤동주가 릿쿄에서 도지샤로 편입해 간 이유가 무엇이었을까 하는 의문이다. 그것은 '교련 거부'였다는 증언이 있다.

당시 윤동주의 1년 선배로 사학과 재학생이었던 하야시는 윤동주가 교련 거부를 시도했다는 중요한 증언을 했다. 여기서는 윤동주가 다카마쓰 선생에게 교련 거부에 대해 상담한 바 있으며, 이미 그의 릿쿄대학 시절은 전쟁을 앞둔 일제의 광기가 일던 고난의 나날이었음을 상기시킨다.

윤동주의 교토 하숙집 주소는 다나카코엔마치 27 다케다아파트요, 송몽규의 하숙집은 도헤이이즈마치 60번지로 두 집 사이는 도보로 5분 거리였다.

일본 여류문학연구가로 특히 윤동주에 관한 자료 조사에 힘써온 이부키 고는 윤동주가 살았던 아파트와 통학로를 답사한 기록을 남기고 있다.

윤동주가 들었던 아파트는 화재로 흔적도 없어지고 지금은 교토예술단기대학이 되어 있었다.

그런데 윤동주에게 인상이 깊었던 것은 이 교토시를 남북으로 흐르는 시모가모下鴨를 아침저녁으로 건너다녔다.

이 시모가모는 그가 소년 시절에 심취했던 정지용의 유명한 시 「시모가와」가 흐르는 곳이 아닌가.

그해 10월 1일부터 도지샤대에 다니기 시작한 윤동주는 석 달 후의 겨울방학에는 북간도의 고향집에 가지 않고 하숙방에 그대로 눌러 지냈다. 무슨 구차한 사연이야 있겠지만, 고향집도 아랑곳없이 교토의 한 구석에서 쓸쓸히 보내는 첫겨울이었다.

도쿄에 와 있던 당숙 윤영춘은 귀성길에 교토에 내려 동주와 섣달 그믐밤을 같이 문학 얘기로 객수를 달랬다. 당숙은 그때의 정경을 이렇게 회고하고 있다.

"그해 겨울 섣달 그믐날. 귀가 도중에 나는 교토에 들렀다. 밤 늦게 거리에 나가 야시장의 노점에서 파는 오뎅과 삶은 돼지고기와 두부·참새고기를 실컷 먹었다. 그날 밤 집에 돌아와 밤이 깊도록 시에 대한 이야기로 밤을 새웠다. 독서에 너무 열중해서 얼굴이 핼쑥해진 것을 나는 퍽이나 염려했다. 6조 다다미방에서 추운 줄 모르고 새벽 두 시까지 읽고 쓰고 구상하고…… 이것이 거의 그날그날의 과제인 모양이다. 그의 말을 종합해 보면 프랑스 시를 좋아한다는 이야기와 프랑시스 잠의 시는 구수해서 좋고 신경질적인 장 콕토의 시는 염증이 나다가도 그 날신날신한 맛이 도리어 매력을 갖게 해서 좋고, 나이두의 시는 조국애에 불타는 열정이 좋다고 하면서, 어떤 때는 흥에 겨워서 무릎을 치기도 했다. 그 다음날인 새해 첫날 우리는 비파호로 산책을 떠났다. 교토의 그 높은 봉을 케이블카에 앉아 넌지시 넘어서 비파호에 이르렀다. 풍경이 하도 좋아 내가 연방 감탄사를 섞어가며 떠들어도 동주는 이에 대한 반응이 더디었다. 시 한 편이 되어 나오기에 전심력을 집중시켜 부심하고 있다는 것을 그 당장 나는 알았다."

윤동주는 시 한 편을 쓰는 데도 온 정신을 집중시켜 이 시기에 오면 잇단 수작들을 써내었다. 그는 도쿄 릿쿄대에서 첫 학기를 마치고 귀향했을 때 동생들에게 이런 당부도 잊지 않았다.

"우리말 인쇄물이 앞으로 사라질 것이니 무엇이든 심지어 악보까지도 사서 모아라."

그는 평소에도 우리 민족 고유문화의 보존에 대한 위기감을 느끼고 있었던 것이다. 그리고 이 무렵 윤동주는 위험을 무릅쓰고, 강처중에게 보낸 편지 속에 한글로 쓴 몇 편의 시를 동봉하는데, 이것이 해방 후 가족들에게 넘겨져 천금 같은 공을 세운 것이다.

강처중은 해방 후 '경향신문' 기자로 근무하면서 그가 간직했던 시 가운데 「쉽게 씌어진 시」를 이 신문에 발표하였다. 앞서 언급했던 「간」이란 시도 그 중 한 편이다.

그가 도지샤대학으로 편입학한 1943년 10월 29일 외삼촌 김약연 목사는 고향 용정에서 별세한다.

간도문단과 레지스탕스들

평론가 백철은 그의 『조선신문학사조사』에서 '암흑기와 문학의 행방'을 다음과 같이 서술하고 있다.

조선의 신문학사에 드디어 암흑기의 시대가 왔다. 이미 보아온 바와 같이 일본 군국주의는 일제 일색으로 조선적인 것을 말살해 가는 가운데 문화 정책으로서도 '조선문인협회' 등을 만들어 직접 문화를 통제하는 단계에 이르렀다. 그 문인협회는 1942년 10월에 와서 전쟁에 더한층 협력하도록 개조 강화되었는데 이때에 강화된 중요한 조항은 문단의 일어화日語化 촉진으로서 일본 문학상의 설정, 월간지에 일어란 확충, 일어창작의 지도 등이었다. 그리하여 마침내 문학에 있어서 민족어 말살의 단계에 이르렀는데 이 정책은 그 뒤 1943년 소위 '조선문인보국회'로 개조되면서 본격화되었다.

그러나 훗날 윤동주의 시집 증보판(1967년) 부록에서 백철은 자신의 『조선신문학사조사』 가운데 '암흑기와 문학의 행방'에 대한 내용의 수정이 불가피함을 솔직히 털어놓았다.

즉 1941년부터 해방되기까지의 5년간을 '암흑기'로 규정할 것이 아니라 조선 문학의 '레지스탕스의 시기'로 봄이 옳다는 것이다.

이러한 새로운 규정은 윤동주의 「하늘과 바람과 별과 시」와 같은 저항시가 이 시기에 창작되었기 때문이며, 간도를 중심으로 윤영춘, 김조규, 박귀송과 요절한 허민許民과 심연수沈連洙가 있기 때문이다.

백철은 이렇게 부언하고 있다.

"내가 한국 신문학사를 서술하는 데 일제 말기의 한 대목 즉 1941년 이후 5년간을 '암흑기'라고 부른 것에 대하여, 어느 젊은 작가가 불만을 토로한 일이 있었다. 시인 윤동주가 있기 때문에 그렇게 이름 붙일 수가 없다는 것이었다. 그러나 이 같은 암담한 시기에도 간도에서는 망명 문단이 형성되어 민족시들이 발표되고 있었다. 1930년대부터 신경新京·용정 등 만주에서 민족시인들의 시작활동을 엿볼 수 있는데 40년대 들어 『재만 시인집』과 『재만 조선인시집』이 발행되어 눈길을 끌었다. 멤버는 주로 윤동주·윤영춘·

박귀송·이학성·박팔양·김조규 등이 활약했었다."

　간도 출신 시인으로서 윤동주가 체포될 무렵 역시 반일 사상가로 옥고를 치른 윤영춘은 「감방監房」에서 이렇게 노래하고 있다.

비 떨어지는 전나무를

검은 손길 와서 만지는가

젖은 전나무의 잎은

숨 가쁜 유리창을 닦아 주노니

얼음처럼 단정해진 나

하루를 천년 삼는 캘린더여

밖에 발자국 소리

내 귀엔 가벼운 춤으로 들려라

창 맞대고 짖는 강아지는

나사로에게 하던 양으로 내 발을 핥으려는가

천장의 쥐새끼야

먹다 남은 것 떨어뜨려라

주려 주워 믹고 빌어먹어도
결백이야 한 푼 달리 있으랴

비 떨어지는 전나무에
서리 오고 검은 밤이 통곡한데도

동주의 당숙 되는 윤영춘 시인이 반일 사상가로 옥고를 치른 체험을 그대로 작품화하고 있다. 제3연의 '얼굴처럼 단정해진 나/ 하루를 천년 삼는 캘린더여' 하고 노래하고 있듯이 감방에서 직접 체험해 보지 않고서는 그 고통을 헤아리기 어려울 만큼 영어의 시간은 견디기 어려운 것이다. 이런 감방에서 발자국 소리만 들려도 혹여 구원의 여신인가 싶어 '가벼운 춤'으로 들린다고 시인은 쓰고 있다.

어둠에 가물거리는 민족의 소중한 저항시다.

김조규는 박팔양과 공저로 『재만 조선인시집』을 펴냈는데, 그의 「연길역 가는 길」은 망국의 한을 역설적으로 표현해 망향의 정과 우국의 시름을 느끼게 하는 시다.

벌판 위에는 갈잎도 없다
고량도 없다. 아무도 없다
종루 너머로 하늘이 무너져 황혼은 싸늘하단다.

바람이 외롭단다.
머얼리 정거장에선 기적이 울리는데
나는 어디로 가야 하노!

호오 차는 떠났어도 좋으니
역마차야 나를 정거장으로 실어다 다고

바람이 유달리 찬 이 저녁
머언 포플러 길을 마차 위에 홀로

나는 외롭지 않으련다.
조곰도 외롭지 않으련다.

그러나 시인은 이를 악물고 '외롭지 않으련다'고 자신에게 타이
르는 것이다. 여기서 우리가 놓쳐서는 안 될 시인이 있으니, 그가
허민과 심연수 등 민족 시인들이다.

허민은 「산렵기山獵記」에서 한 서린 역사의식을 예리하게 각인하고 있다.

추석 이튿날 그와 바람 없는 골에 들어
산새들이 먹다 남긴 산과 따며

산 밖을 나가는 날의 설움도 잊어 보려고
가재 웅크린 개울에서 노래도 불렀더니라

전설도 없는 이 산천 깊숙한 넌출아래
가지고 오신 괴로움을 모다 묻어 두어서

사람을 보고도 피하지 않는 짐승들로하여
다양한 봄날을 기다려 파내도록 당부하였더니라.

허울차게 태고의 꿈이 감긴 고목에
유원한 한숨을 보여 주시는 너드렁이 비탈

머루랑 다래랑 으름이랑 한껏
그와 노나 먹으며 철없이 잠들었더니라.

이 시는 그의 유작 2백 편 가운데 뽑은 것으로, '해인사에서·1940년 9월 17일'이라는 날짜가 적혀 있다.

허민이 문단에 데뷔한 것은 1936년 『매일신보』 신춘문예에 소설 「구룡산」이 입선되면서였다. 그는 1943년 3월 16일 폐디스토마로 29세에 요절하기까지 수 편의 소설과 2백여 편의 유작시를 남겨 사후 데뷔를 한 셈이다.

그의 작품의 특색은 식민지 시대의 청춘의 한과 좌절, 저항, 이별, 토속 등의 세계를 보이며 예리한 역사의식을 드러내 놓고 있다.

간도의 레지스탕스 가운데 또 하나의 별 심연수는 1943년 일본 예술대학을 나와 학병을 피해 강남촌 등지를 떠돌았으며, 8·15 광복 전 27세의 삶을 마감한 후 항아리 속에 보관해 둔 시 3백여 편, 소설 7편 등이 발굴되었다. 8·15 이후 윤동주, 허민 등과 암흑기 민족 시인으로 떠오르고, 유고시집 『우주의 노래』를 남기고 있다.

이와 같은 만주의 간도 시단과 허민 등 일제의 암흑기에도 민족혼을 간직한 저항 시인들이 존재함으로써 우리의 일제 암흑기를 저항문학의 시기로 규정지을 수 있다.

앞서 살핀 바와 같이 식민지 조선에는 1940년의 창씨개명, 『조선일보』에 뒤따른 『문장』지의 폐간(1941), 1942년의 징병제 및 1943년의 학병제 실시, 1944년의 정신대 모집 등으로 삼천리는 황

폐해 가고 '친일 문학'이 기승을 부리게 되어 우리 문학은 사실상 조종을 울리고 말았다.

중일전쟁이 나던 1937년 심연수는 용정소학교를 졸업하고 용정 동흥중학에 입학하였다. 그의 학생시절 여류작가 강경애의 부군 장하일張河—이 이 학교 교사로 근무했으며 그와 가까이 했던 것으로 전해지고 있다.

1940년에 심연수는 이 학교를 졸업했는데, 이 한 해분의 일기와 작품이 고스란히 남아 관심을 끌고 있다. 특히 5월에 있었던 조국 순례 기행시는 민족애가 서린 귀중한 기록으로 평가받고 있다.

1941년 그는 일본 니혼대학 예술학원 창작과에 입학했는데, 동기생으로 이기형 시인과 사귀고 그때의 기록으로 미루어 그는 일제의 압제에 굴함이 없이 생명의 위험을 무릅쓰면서도 문학을 통해 민족혼을 노래했던 저항 시인이다.

그의 대표시 가운데 하나인 「소년아 봄은 오려니」에서는 겨레의 아픔을 온몸으로 통감하면서도 희망을 잃지 않았던 시인임을 확인시켜 준다.

봄은 가까이에 왔다
말랐던 풀에 새움이 돋으리니
너의 조상은 농부였다

너의 아버지도 농부였다

전지는 남의 것이 되었으나

씨앗은 너의 집에 있을 게다

가산은 팔렸으나

나무는 그대로 자라더라

재 밑의 대장간집 멀리 떠나갔지만

끌 풍구는 그대로 놓여 있더구나

화덕에 숯 놓고 불씨 붙여

옛 소리를 다시 내어 보아라

너의 집이 가난해도

그만한 불은 있을 게다

서투른 대장장이의 땀방울이

무딘 연장을 들게 한다더라

너는 농부의 아들

대장장이의 아들은 아니래도……

겨울은 가고야 만다

계절은 순차를 명심한다

봄이 오면 해마다 생명의 환희가

생기로운 신비의 씨앗을 받더라

일제 강점기의 암울했던 시대에 민족혼을 불사른 그가 일본 헌병의 흉탄을 맞고 아까운 젊음을 날린 그의 최후를 생각할 때 이 시인의 문학 정신이 어떠했는가 하는 것을 상상하기에 어렵지 않다.

그는 1943년 일본 유학을 마치고 용정에 돌아오게 되는데, 일제의 학도병 소집을 피해 신안진의 초등학교 교사 생활을 하면서 학생들에게 반일 사상을 고취한 것이 문제되어 두 번이나 유치장에 갇히었던 것은 그의 시인으로서의 지조를 잘 말해주는 대목이다.

또한 그는 일본 히로시마에 원폭이 투하된 사실을 알고 신안진에서 용정까지 도보로 걸어가던 중 일본 헌병에 의해 확인 사살된 사실이 밝혀지고 있다.

일제는 1944년 아베 노부유키 총독으로 하여금 전쟁 지속을 위해 비협조적인 지식인에 대해 가혹한 탄압과 검거를 서슴지 않도록 했던 것은 물론, 전쟁 기피자나 특히 불령선인不逞鮮人으로 지목받는 민족주의자에 대해서는 발견 즉시 확인 사살하도록 지시했던 것이 밝혀지고 있다.

윤동주와 심연수 두 시인은 서로 문학적 교류를 했던 사이로 밝혀지고 있는데, 시인의 유고를 보관해왔던 그의 동생 심호수는 시인의 보관품을 윤동주가 만든 스크랩의 일부라고 밝히고 있다.

윤동주의 아우 광주光株와 심연수의 아우 해수海洙는 친한 친구

사이여서 스크랩을 넘겨준 것으로 여겨지며, 스크랩에는 일제시대 '조선', '동아' 등의 각종 문학기사와 문인들의 글이 정갈하게 보관되어, 두 시인을 비교해 보는 것도 흥미로운 일이다. 서로가 비슷한 시기 일제에 의해 희생된 민족 시인이라는 것을 비롯, 만주에서 소년기를 보내고, 많은 습작품을 유작으로 남기고 8·15 직전 일제에 의해 희생된 것 등을 공통점으로 들 수 있다.

윤동주는 부농, 심연수는 소작농이었으며, 윤동주는 용정에서, 심연수는 강릉에서 출생했으며, 연수가 무종교인 데 비해 동주는 기독교인이었다.

둘 다 일제 말 민족혼을 지킨 저항 시인이라는 공통점이 있지만, 서로 다른 점이 있다면 윤동주는 서정시, 심연수는 모더니즘 계열의 시를 쓴다는 점이다.

그리고 심연수의 시에 모더니즘의 경향이 짙어진 것은 그의 일본 유학 시절을 전후하면서였다.

그의 시 「터널」을 보자.

길다란 터널

캄캄한 굴 속

자연이 가진 신비를

뚫어 놓은 미약한 힘

227

눈을 감고 걸어도
눈을 뜨고 찾아도
밟히우는 송장
바닥 가득 늘어 자빠진 꼴
아, 빛이 없어 죽었나
빛이 싫어 죽었나

그러나 또 무수한 생명이
레일을 베고 침목을 베고 누워
지나갈 바퀴를 기다리고 있음을
또 어찌하리
싸늘한 송장의 입김에서 들려오는
울부짖는 소리
우를 우러러도
아래를 굽어보아도
캄캄한 굴 속, 캄캄한 굴 속

또 하나의 저항 시인 이육사의 「광야」를 보자.

까마득한 날에

하늘이 처음 열리고
어디 닭 우는 소리 들렸으랴

모든 산맥들이
바다를 연모해 휘달릴 때도
차마 이곳을 범하던 못하였으리라

끊임없는 광음을
부지런한 계절이 피어선 지고
큰 강물이 비로소 길을 열었다

지금 눈 내리고
매화 향기 홀로 아득하니
내 여기 가난한 노래의 씨를 뿌려라

다시 천고의 뒤에
백마 타고 오는 초인이 있어
이 광야에서 목 놓아 부르게 하리라.

이 시는 조국을 잃고 만주벌에서 꿈을 실현하고자 하는 의지와 신념을 노래한 저항시다.

육사陸史는 1937년 신석초, 윤곤강 들과 동인지 『자오선』에 참여, 「청포도」, 「교목」과 같은 시를 발표했다.

그는 나라 잃은 겨레의 울분을 품고 중국 등을 방황하다가 일제의 관헌에 체포되어 8·15 직전 북경 감옥에서 옥사했다. 그의 육사라는 호도 수인 번호 '육사六四'에서 연유한 것이다.

천지개벽을 소리 높이 외치며, 언젠가 '백마 타고 오는 초인'이 있을 것을 굳게 믿으며, 또 그날이 올 것을 확신하는 지사志士의 모습을 이 시에서 눈이 타도록 읽을 수 있다.

매운 계절의 채찍에 갈겨
마침내 북방으로 휩쓸려 오다

하늘도 그만 지쳐 끝난 고원
서릿발 칼날 진 그 위에 서다

어디다 무릎을 꿇어야 하나
한 발 재겨 디딜 곳조차 없다

이러매 눈 감아 생각해 볼밖에

겨울은 강철로 된 무지갠가 보다.

　이 시 「절정」 또한 민족의 극한 상황을 압축된 언어로 노래한 저항시다.

　그러나 일제의 학대에 못 이겨 쫓겨 온 북방 역시 '서릿발칼날 진' 곳으로 그들의 독이 서린 눈을 피하기는 어려웠다. 특히 마지막 시행 '겨울은 강철로 된 무지개'와 같은 압축된 이미지는 뛰어난 함축미를 내포하고 있다.

우지강에서 부른 아리랑

우리나라 H지에 실린 「시인 윤동주 최후의 사진」이라는 글에서 야나기하라 야스코는 1943년 초여름 교토 우지강의 아마가세 구름다리 위에서 도지샤대학의 남학생 7명과 여학생 2명이 남긴 기념사진을 소개하고 있다.

그 사진은 여학생 중 한 명인 키타지마 마리코가 보관했던 것으로, 지난 1994년 한국의 KBS와 일본의 NHK가 공동 제작하여 1995년 3월 방영한 「하늘과 바람과 별과 시―윤동주·일본 통치하의 청춘과 죽음」의 제작과정에서 발견된 것이다. 이 사진을 찍은 시기는 5월 말이나 6월 초쯤으로 추정되는데, 지금까지 윤동주 시인의 유학 시절 사진이 한 장도 발견되지 않아 일본에서 찍은 유일하고도 최후의 것으로 희귀한 사진이다.

교토는 794년 이래 천여 년 동안 일본의 왕도였다. 도쿄제대 다음으로 설립된 교토제대가 전통을 자랑하지만 도지샤대학은 사립으로서 유서 깊은 대학이다.

1941년 이 대학을 졸업한 정대위 박사는 「노닥다리 초록 두루마리」라는 글에서 도지샤대학의 학풍에 대해 이렇게 쓰고 있다.

"예과의 수업은 순전히 외국어 훈련을 중점적으로 하고 있었다. 하루에 다섯 시간 강의가 있다면, 어떤 날은 그 다섯 시간이 모두 영어였다. 누구나 제가 원하는 강좌를 선택할 수 있어서 자기의 과정표는 자기가 짜는 방식이었으므로 클래스에 들어가 보면 상급생 하급생의 구분이 전혀 없었다. 그래서 나는 철학과와 영문과가 병설한 고전 희랍어 강좌를 택했다."

그런데 윤동주가 수강한 강좌 내용에 대해 일본인으로서 윤동주에 관한 연구와 자료조사에 깊은 관심을 가졌던 이부키 고의 '시대의 아침을 기다리며'(M지 1985)에서는 다음과 같이 밝히고 있다.

"가츠 교수의 영문학사는 세익스피어나 키스의 작품을 소개하며 작가의 개성도 언급하는 강의였다. 다카야마 교수는 18세기 영문학이 전문인 박학의 인사였는데, 이미 고인이다."

동주가 하숙에 든 다케다아파트는 주로 학생 하숙을 치던 ㄷ자형 목조 2층 건물로 그가 든 육첩방은 고독한 이방인이 쓴 쓸쓸한 시의 산실이었다. 그가 이 무렵에 쓴 「쉽게 씌어진 시」는 처절한 고독 속에서도 민족해방이 오리라는 신념을 은유적인 수법으로 형상화시킨 수작이다. 그리고 이 시는 그가 일본에 와서 시작의 출발이라는 데 의미가 크다. 한 식민지 청년이 일본에서 자신은 그들의 시민이 아니라는 것을 '육첩방은 남의 나라'라고 표백한다. 그런데 이 시에는 '늙은 교수'가 등장한다. 그는 도쿄대 명예교수이자 일본 동양 철학계의 거목이었던 우노 교수가 모델이라고 추정하는 연구가 나와 있다.

여기서 한 가지, 윤동주가 릿쿄에서 도지샤로 편입해 간 이유가 무엇이었을까 하는 의문이다. 그것은 '교련 거부'였다는 증언이 있다.

윤동주의 사학과 1년 선배였던 하야시는 윤동주의 도지샤대학행에 관해 '교련 거부' 때문이라고 밝혔다. 윤동주가 다카마쓰 교수에게 교련 거부에 대해 상담한 바 있으며, 그가 릿쿄대학의 '교련 거부' 때문에 편입학해 간 도지샤대학 또한 평온한 학원은 아니었다. 그가 학교에서 급우들과 보낸 나날들은 언뜻 평화스럽게 보이기도 하지만 '도지샤 시보'에 따르면, 기독교계열의 대학은 군부로부터 감시가 심했고, '도지샤인은 스파이'라는 의문을 받기도 했었다. 특고가 대학 내에 감시의 눈초리를 번뜩이는가 하면 학생들 방의 책을 마구잡이로 조사하는 일이 벌어지기도 했다.

여름방학이 시작되기 직전의 일이다. 영문학 전공 전 학년 20여 명이 노교수 집에 모였다. 2층의 다다미 열 장 정도의 방에 ㄷ자 모양으로 앉아 차를 마시던 중이었다. 모두가 한 마디씩 이야기를 나누던 중인데 교수가 "이 방에 적국 사람이 있다. 빨리 돌아가는 것이 좋다"는 발언을 했다. 이 말이 윤동주를 가리키고 있다는 것은 누가 들어도 명확했다.

"저는 그런 일은 하지 않았습니다."라고 윤동주는 강하게 부정했다. 급우들은 "히라누마 군, 히라누마 군" 하며 달래고 있었으며, 바로 얼마 전에는 송별회에서 즐거운 한때를 보냈기에 큰 충격을 받았고 교수의 말을 믿을 수가 없었다. 화제는 달라졌지만, 분위기는 영 이상해져서 곧 해산하였다.

그는 내심 귀국을 생각하고 있었지만 급우들 앞에서 나온 교수의 이 발언은 깊은 상처를 안겨 주었다.

이런 사건이 있고 나서 윤동주가 귀국한다는 소문에 영문학 일학년 전원이 모여 우지에서 밥을 지어 먹으며 송별회를 열었다.

릿쿄대학과 도지샤대학에서도 강의실 뒷문 쪽에 앉아 강의를 듣던 윤동주였지만, 그날은 앞으로 떠밀려 앞줄 중앙, 여학생 옆에서 사진을 찍게 된다.

이것이 도지샤대학 시절 그의 단 하나 있는 기념사진이다. 강변

에서 식사를 마치고 바위에 걸터앉아 이야기를 나누고 있을 때,

"히라누마 군, 노래 한 곡 불러주지 않을래?"

급우의 부탁에 윤동주는 주저함이 없이 '아리랑'을 불렀다. 그날 따라 생각이 깊었던지 거절하지도, 사양하지도 않고 바위에 앉은 채로 불렀다.

아리랑 아리랑 아라리요
아리랑 고개를 넘어간다

조선의 한이 서린 이 아리랑, 애수를 띤 허스키한 목소리는 강물 위에 흐르고, 노래가 끝나자 모두가 박수를 보냈다.

그때 찍은 사진은 송별회가 끝나고 돌아가기 직전에 구름다리 위에서 찍은 것이다.

윤동주가 릿쿄대학에 입학한 후 1942년 4월 18일 처음으로 일본 본토에 미군기의 폭격이 시작되고, 그 후 상황은 더욱 악화되어 갔다. 다음 달 5월 8일 각료 회의에서는 징병제 실시가 결정되었다. 이러한 상황 속에서 윤동주가 귀국을 결단했었다는 증언이 있다. 훗날 NHK 취재 때 그의 여동생 윤혜원이 이 사실을 밝힌 것이다. 그녀를 만난 도지샤대학 한국 동창회 박세용에 따르면, 전쟁이 더욱 치열해지자 위험을 느낀 윤동주가 편지로 아버지에게 귀국 의

사를 밝히자 아버지도 승낙하고 여비를 보내 귀국을 서둘렀다.

이미 그림자를 밟고 있는 특고의 움직임을 예견했는지도 몰랐다. 향학열에 불타 치욕스런 개명까지 하면서 일본 유학을 했는데도 중도에 귀국을 한다는 것이 얼마나 쓰라린 일인가는 상상하기 어렵지 않다. 같은 무렵 릿쿄대학에 재학했던 타나베 히로시에게서 받은 편지 속에 조선에서 유학했던 친구에 대한 증언이 있다.

김태익은 반도 출신자에게도 징병령이 결정되자, 테츠카라카요시 교수의 집을 찾아가 학교 진퇴문제를 상담했었다. 교수는 조심스럽게 일러주었다.

"이러한 일이 알려지면 난처하지만, 군은 빨리 귀국하는 것이 좋겠네."

또 '릿쿄학원 백년사'에 타나베와 같은 수기가 실려 있다.

"그때까지 조선인 학생들은 손에 무기가 쥐어지는 것을 두려워하고 있었는데, 전선에 참가시키기 위해 조선인 징병령 실시가 전해진 후, 조선인 학생들이 잔디밭에 둘러 앉아 무엇인가를 의논하고 있는 모습을 자주 볼 수 있었다."

이같이 많은 유학생들이 귀국 문제를 두고 괴로운 선택을 하는 처지에 있었던 것이다. 릿쿄대학 명예교수인 야마다 쇼지는 릿쿄대 출신 조선인 학도병에 대해 조사했는데, 그 보고서에서도 '남는 것도 지옥, 돌아가는 것도 지옥'의 상황 속에서 많은 학생들이 강제

'지원'되어 전쟁에 끌려간 모습을 확인했다고 술회하고 있다.

　윤동주가 도지샤대학에서 보낸 날들은 평화스러웠다. 그러나 특고가 학생들 방을 뒤지는 일이 연이어 벌어지고 있었다.

　이것은 앞서 윤동주의 송별회 전에 "이 방에 적국 사람이 있다."는 교수의 말에 모두가 해산했던 것으로도 엿볼 수 있다.

　이 충격적인 상황에 쫓기듯 귀국하려 했던 윤동주는 기차표를 구입하고, 소포를 부친 1943년 7월 14일, 귀향하지 못한 채 '치안유지법' 위반 혐의로 체포되었다. 고종사촌인 교토생 송몽규는 7월 10일 이미 체포되어 있었다.

　윤동주의 체포 이유는 조선 독립을 실현하려고 송몽규 등과 독립 의식을 고취시키고, 조선인 학생들에게 민족의식을 전파하는 데 앞장섰다는 것과 조선인 징병제도를 비판했다는 것이었다.

　1941년 2월 12일에 '조선 사상법 예방구금령'이 공포되었지만, 1941년 3월 1일에는 이전부터 있었던 '치안유지법'이 추가 개정·공포되어, 그중 제3장 '예방 구금' 제도가 추가되자 '조선사상범 예방구금령'의 개정을 기다리지 않고 '조선 사상범 예방 구금령'을 공포하게 된 것이다.

　예방 구금이란 형기 만료 후에도 석방되는 시점에서 다시 같은 법의 죄를 범할 우려가 있는 경우에는 예방 구금에 처할 수 있게 한 것이다.

어느 날 동주의 하숙을 노크하는 방문자가 있었다.

"누구요?"

"우리 관내에 조선 학생이 하숙을 들었다기에 인사라도 나눌까 해서……"

고로케라는 형사가 그의 하숙방을 찾은 것이다.

"난 도지샤대학에 다니는 히라누마 도오슈입니다."

동주는 일부러 조선 이름을 숨기기 위해 개명을 댔다.

"아, 아, 알고 있어요. 학생은 조선어로 시를 쓰는 윤동주라고, 간도 용정 촌에는 조선의 민족 운동가들이 많다지?"

"머, 옛날 이야기죠."

"아니, 그렇지가 않아. 그건 그렇고 윤동주 시인은 민족시를 쓴다고 들었는데?"

"민족시라기보다 순수시를 쓰고 있죠."

"하하하, 그대는 순수시를 표방하고 있으나, 내용은 배일사상이 농후하단 말야. 안 그렇소?"

"그건 해석하기 나름이겠죠."

"오늘은 이쯤 해두고 가겠소. 한데 당신의 고종사촌 송몽규는 사상적으로 매우 위험한 센진이니까 조심, 조심하라고."

고로케 형사는 한바탕 떠벌리고 나서 돌아갔다. 그 형사를 보내고 난 동주는 가슴이 무거웠다. 그리고 아차 싶었다.

'놈들이 기어이 우리의 덜미를 잡고 말았구나!'

이런 생각에 그는 현기증이 일었다. 고로케 형사가 위험인물이라고 내뱉고 간 송몽규. 그는 요시찰인으로 일제의 끈질긴 감시를 받고 있던 조선의 인텔리였다. 동주가 내성적인 시인이라면 몽규는 행동적인 혁명가 기질을 타고났다.

1942년 조선 총독에 미나미가 물러가고 고이소 구니아키가 새로 부임했다. 일본 군국주의 전시체제를 더욱 다지기 위한 마지막 발악이었다.

태평양전쟁이 막바지에 이르자 강제 징병에 의해 전선으로 끌려 나가는 출정 군인과 후송되는 부상병, '시라키노 하코', 백골을 화장한 상자로 날이 새면 벌어지는 비극의 장면들이었다.

그해 8월, 미군은 남태평양의 구아들카널 섬을 시작으로, 일대 반격전을 펴고 있었다.

다음 해인 1943년에는 남태평양에서 야마모토 사령관이 전사하고 전세는 역전되어 갔다. 이처럼 전세가 기울자 일제의 마수는 앞뒤를 가리지 않는 발악으로 나왔다.

거리는 온통 불안과 미친바람이 횡스러이 휩쓸고 있었다. 이처럼 막판에 몰린 일제는 강제 징병과 학병제를 실시하여 해방되는 해까지 40여 만의 조선 젊은이들을 전쟁의 불쏘시개로 휘몰고, 전시 동원 체제를 강화해가던 1943년 7월 14일, 간도의 고향 집에는 한 장의 전보가 날아들었다.

귀향 일자를 알리는 동주의 전보를 받고 일주는 역에 마중 나갔으나, 형은 나타나지 않았다.

매일 되풀이되는 마중 끝에 열흘쯤 지나 도착한 것은 우편으로 보내온 그의 차표와, 그 차표로 찾은 소화물이었다.

그 시각, 교토역에서 출발을 기다리고 있을 때 동주의 손목에 수갑을 채운 자는 언젠가 하숙집에 와서 횡설수설하던 고로케 형사였다. 차표를 사서 짐을 부쳐 놓은 출발 직전에 일경의 덫에 걸린 것이다.

그가 일본에 온 지 1년 6개월, 여름방학에 잠시 고향에 갔다가 다시 1년 만의 귀향길에 오르던 역구내의 어처구니없는 참변이었다.

송몽규는 그보다 나흘 전에 검거되었다.

그즈음 일본 각지에 이상한 루머가 떠돌고 있었다. 워싱턴 일본 대사관에 태극기가 휘날린다느니, 조선 학생들이 독립을 시켜달라고 루즈벨트 미국 대통령과 장개석 총통에게 가던 중 체포되었느니 하여 조선 학생을 마구 검거해가는 판국이었다.

이런 어수선한 정세 속에 그들이 교토경찰서에 수감되어 있다는 소식을 듣고 윤영춘은 급히 열차에 올랐다. 그런데 그는 열차에 오르기 전 쌀을 구하려고 돌아다녔다. 일본은 쌀이 모자라 배급으로 연명을 한다기에 쌀을 구해 동주와 송몽규에게 밥을 차입해 주기 위해서였다.

요행히 그는 친지로부터 비상용 쌀 한 말을 구할 수가 있었다. 이 쌀을 트렁크 속에 감추고 교토에 도착했을 때는 한밤중이었다. 윤영춘은 먼저 동주의 하숙집을 찾은 후 도지샤대학 학생 담당 교수를 찾아갔다. 면회를 신청하자 처음에는 다음날로 미루다가 친척으로 허락한다며, 취조 형사는 집 소식 외에 다른 말은 일체 삼가 달라고 주의를 주었다.

그가 취조실에 들어서자 형사는 자기 책상 앞에 동주를 마주 앉히고 동주가 쓴 조선어 시와 일기를 번역시키는 중이었다. 그가 번역하던 원고 뭉치는 꽤 부피가 두꺼운 것으로, 몇 달 전 그에게 보여 주었던 시 이외에도 많은 원고가 눈에 띄었다.

동주는 아주 초췌해진 얼굴로 말했다.

"아저씨, 염려 마시고 집에 돌아가 할아버지와 아버지, 어머니께 곧 석방되어 나간다고 일러 주세요."

윤영춘은 그저 어안이 벙벙해 입을 다물고 있다가 도시락을 꺼내 놓으니까 형사는 자기 책상 앞에 그것을 갖다 놓으며 시간이 다 되었으니 그만 나가라고 재촉했다.

윤영춘은 말없이 돌아 나오는 수밖에 없었다.

윤동주는 자신의 일기와 시를 번역하는 동안 매일 한 시간 가량
의 산책이 허락되었다.

거 나를 부르는 것이 누구요

가랑잎 이파리 푸르러 나오는 그늘인데,
나 아직 여기 호흡이 남아 있소

한 번도 손들어 보지 못한 나를
손들어 표할 하늘도 없는 나를

어디에 내 한 몸 둘 하늘이 있어
나를 부르는 것이오

일이 마치고 내 죽는 날 아침에는
서럽지도 않은 가랑잎이 떨어질 텐데……

나를 부르지 마오
　　　　　　　　　　　　　－ 「무서운 시간」

"이 시를 쓴 시기는?"

"1941년 2월 7일쯤입니다."

"어디에 내 한 몸 둘 하늘 있어―, 나를 부르는 게냐고 물었는데, 이 한 몸 둘 하늘이란……?"

"내 의지하고 내 한 몸 맡겨도 되는 하늘을 말하는 거요."

"그런 하늘은 물론 조선의 하늘이겠지?"

"그건 자의적인 해석입니다."

"흠, 자의적인 해석, 좋아. '일을 마치고 내 죽는 날 아침'도 역시 붉은 해 뜨는 조선의 하늘이라 할 테지."

"시의 해석은 일정한 공식이 없소. 감흥이 이는 대로 언어의 결을 따라 호흡을 맞추는 거요."

"시건방진 놈 같으니! 단단히 맛을 봐야 해!"

이런 실랑이가 이어진 끝에 동주와 몽규는 그해 12월 6일 검사국으로 넘어가 이듬해 2월 2일 기소되었다.

이때 검사국으로 넘겨졌던 연루자 가운데 백인준, 마츠야마 료한 등은 송국 전에 석방되고, 또 한 사람 고희욱이 검사국으로 넘겨져 불기소 처분을 받고 석방되었다.

고희욱이 체포된 것은 제3고 졸업시험 기간 중이었다. 이틀 후면 시험이 끝나는데, 그대로 연행되어 갔다.

그동안 몽규, 동주 등과 어울려 조선의 독립과 겨레의 민족의식을 각성시키기 위한 문화 운동의 필요성 등을 이야기하며, 자신은 앞으로 연극 분야에 투신해보고 싶다는 포부를 밝힌 일이 있었다.

그는 체포된 후 비로소 송몽규가 '요시찰 인물'임을 알았다. 검사국 유치장은 독방이었다. 경찰서 유치장에서 잡범들과 있을 때와는 상황이 달랐다.

독방의 구조는 경찰서처럼 한 면이 철창으로 되어 외부와 트여 있는 것이 아니라, 사람을 가두어 문을 닫아걸면 4면이 밀폐되어 버리는 것이었다. 휑댕그렇하게 전등이 켜 있고 건물 바깥쪽 벽 꼭대기 작은 창에는 햇빛이 희미하게 스며들고 있었다. 복도 쪽 닫힌 문에는 밑쪽과 중간쯤에 조그만 구멍이 둘 있어 각기 문이 달렸는데 아래 것은 밥 구멍, 위 것은 감시 구멍이었다.

하루 세 끼 나오는 식사는 꽁보리밥에 단무지 몇 쪽, 묽은 된장국 한 그릇이었다.

식사 때가 되면 담당 간수가 기결수를 시켜 밥을 날라 오는데,

"밥 받우."

이렇게 내쏘면 식기통을 통해 밥 한 덩이와 국물 한 그릇을 받으며 고개를 끄덕한다.

"고맙소."

사상범은 유독 감시가 엄하기 때문에 독방에 갇히게 되고, 뼈를

깎는 고독 속에 자신과 싸워야 한다.

그러나 책은 볼 수 있었다.

검사국 도서관에는 종교서적들이 비치되어 있어서 신청을 하면 빌려 주었다. 검사국에 송치된 후 고희욱은 딱 한 번 복도에서 송몽규와 마주친 적이 있었다.

그는 검사실로 가고 몽규는 먼저 불려갔다 돌아 나오는 길이었다. 희욱을 보자 그는 빙긋이 웃어 보였다.

양쪽에 호송인이 딸려 있어서 희욱도 말 대신 씁쓰레한 웃음으로 화답했다. 그리고 이 복도에서의 만남이 이 두 사람의 마지막 대면이 된 것이다.

김정우가 동주를 면회하러 갔을 때 형사는,

"괜한 영웅주의 때문에 저런 꼴이 되어 있는 거야."

비양조로 말하면서 책상 위에 한 자 이상이나 쌓인 서류를 가리켰다.

"저것이 다 증거서류야."

그 담당 형사의 언질로 미루어 동주는 취조 중에도 자신의 신념을 굽히지 않았음을 엿볼 수 있었다.

재판은 분리 진행되어서, 동주 재판은 1941년 3월 31일에, 몽규 재판은 4월 13일에 있었다.

적용 법률은 치안유지법 제5조

악법의 대명사 '치안유지법' 제5조는 국체 변혁의 목적을 가지고 결사를 조직하거나 또는 그 지원이나 준비를 위한 목적으로 결사를 조직하려는 것으로써 그 목적 사항의 실행에 관하여 협의 또는 선동, 선전 기타 그 목적 수행을 위한 행위를 한 자는 1년 이상 10년 이하의 징역에 처한다고 규정한 조항이다.

이 법은 일본 제국의회가 1925년에 제정한 이래 1928년과 1941년의 두 차례 개정을 통해서 그 처벌 규정이 점점 가혹해진 법률로서, 주로 독립운동가나 각종 사상범들을 단속하던 악법이었다.

윤동주의 유족들은 "윤동주는 독립운동의 죄목으로 체포되어 재판받고 복역하다 옥사했다."고 말하고 있다. 윤동주가 옥사할 때 일본 후쿠오카 형무소에 갔다가 유족들이 돌아와 전하던 그 말이 과연 사실일까?

여기에 대해 한때 회의적인 주장이 있었는데 그 이유는 '순수한 문학청년으로 「서시」와 같은 서정시를 쓰는 그가 일제의 과잉단속에 걸려들어 억울한 희생을 당했으리라'는 추측이었다.

그러나 이제껏 알려지지 않은 '증거'가 나타났으니, 그것은 일제 때의 극비 문서인 『특고월보特高月報(1943.12)』와 『사상월보思想月報(1944.4·5·6)』 제109호에 실린 그 사건 기록들이다.

이른바 '교토에 있는 조선인 학생 민족주의 그룹사건'이라는 것이 『특고월보』에 실린 일경의 취조 문서에 윤동주의 혐의가 '조선 독립운동'임을 확증해 주고, 이 사건으로 검사국에 송치된 학생은 중심 인물인 '송몽규, 동조자 윤동주, 고희욱 3인'이라는 사건 내용이다.

그 3인 가운데 송몽규와 윤동주는 일본의 후쿠오카 형무소로 넘겨지고, 고희욱은 이 「특고월보」의 기록으로 세상에 알려지게 된다.

1943년 그는 22세의 한창 나이로 쓰라린 과거를 되돌아보듯 어렵게 말문을 열었다.

"송몽규가 일경의 '요시찰인'이었기 때문에, 일경이 감시하는 줄을 모르고 우리는 '우리 민족의 장래'니 '독립운동'이니를 입에 담았었지요. 그 결과 두 사람은 옥사라는 비극을 맞았고 나는 6개월 이상 갇혀 있어 3고에서 낙제했고, 해방될 때까지 숨 막히는 압박 속에 살았습니다."

그가 3고 배지를 달고 다닐 때의 프라이드와 엘리트 의식은 대단했던 것 같다. 그는 특고에 체포되었다가 기소유예로 풀려난 후 복학했기 때문에 한 학년 아래 김태길 교수와 동급생이 되었다.

"3고는 정말 좋은 학교지요. 학생들은 실력뿐 아니라 집안 배경도 대단했고, 그 군국주의 치하에서도 학문 자체를 지상으로 여기던 학풍도 아주 좋았지요. 교시校是가 '자유'였으니까요."

고희욱은 철원의 큰 지주 집 장남으로 1921년에 태어났다. 할아버지 고운하, 아버지 고흥권이 모두 메이지대 법과, 경성의전을 나온 의사로 인텔리 집안이었다.

그는 경기중학을 거쳐 일본의 3고에 유학하면서 도쿄제대 진학을 꿈꾸며 부푼 청년 시절을 지냈던 것이다. 그러던 그가 어느 날 갑자기 불어 닥친 광풍에 그만 앞날이 암담해 버렸다.

송몽규와는 그가 하숙하던 교토 좌경구 북백천의 한 이층집에 교토제대생인 송몽규가 하숙을 드는 데서 인연이 맺어졌다.

일본의 하숙은 방만 제공하고 식사는 외식을 하고 있었다.

1943년 7월 14일, 고희욱이 체포되던 날 윤동주도 체포되었다.

태평양전쟁이 발발, 전시체제에 들자 3고의 3년제 학제가 2년 6개월로 바뀌고 그 바람에 고희욱은 7월에 졸업 시험을 치르게 되었다. 그가 체포된 날은 졸업 시험이 끝나기 전날로, 아침 등교 준비를 하고 있는데 형사들이 들이닥친 것이다.

그때 그는 "무슨 이유인지 모르겠으나, 내일까지는 기다려 달라. 졸업 시험을 오늘과 내일 치르면 끝나는데 그 시험을 못치르면 졸업을 할 수 없게 된다."고 했으나 그대로 연행되어 갔다.

구금되어 며칠째 아무 조사도 없었는데 하루는 취조실로 그를 불러내 "송몽규를 아느냐"고 물었다.

그러고 보니 수일 전부터 송몽규의 모습이 보이지 않았다는 생각이 뇌리를 스쳤다.

송몽규의 체포일은 7월 10일이었다.

그가 처음에는 묵비권을 행사하려고 했다. 그러나 취조관이 내비치는 서류를 보고 나서 생각을 고칠 수밖에 없었다. 그들 세 사람이 1년 가까이 만나거나 회식을 하던 날, 시간까지 상세히 적혀 있었기 때문이다.

고희욱은 송몽규의 소개로 윤동주를 알게 되었고, 시내 식당에서 두어 번 식사를 하며 대화를 나눈 인연밖에 없는데도 송몽규와 얽힌 관계로 한 사건에 연루된 것이었다.

고희욱은 이렇게도 회고했다.

"그땐 윤동주 씨가 시를 쓰고 있다는 것도 몰랐고, 더구나 후일에 그렇게 유명한 시인이 되리라곤 짐작조차 못했어요. 지금도 그분의 젊은 시절 모습이 생각나는군요. 조용하고 미남형인 남자로 깨끗한 인상이었지요. 1미터 75센티 정도의 나나 송몽규 씨보다 약간 작은 키였어요. 거기에 비해 송몽규는 마른 체격에 흰 얼굴, 쉰 듯한 음색으로 침착한 듯하면서도 정열적인 성격의 소유자였죠. '창백한 인텔리'의 전형으로, 그러면서도 민족을 항상 염두에 두는 민족주의적인 색채가 농후한 열혈 청년이었습니다."

그런데 송몽규와 윤동주의 취조 문서와 판결문에는 이들 3인 외에도 백인준, 마츠야마 료한, 장성언 등이 나온다. 그러나 5개월여의 취조 끝에 1943년 12월 6일 검사국으로 넘겨진 피고는 송몽규, 윤동주, 고희욱의 세 사람이다.

윤동주와 송몽규, 고희욱 등을 감옥으로 보낸 것은 '치안유지법 제5조'에 따른 것이며, '특고경찰' 엄비기록에 남아 있다. 고희욱이 풀려난 뒤 남은 두 사람은 1944년 2월 22일에 기소되었다.

그러나 재판은 두 사람을 따로 분리, 진행되었다.

윤동주를 체포한 것은 교토 시모가와 경찰서의 특고형사들로, 그들이 거주하던 지역의 관할서였다. 여기서 '특고경찰'이란 '특별고등경찰'의 준말로서 주로 사상범을 다루는 특수경찰조직이다. 여기서는 『특고월보特高月報』라는 기관지도 월간으로 발행하고 있었다.

그런데 해방 30여 년 만에 윤동주의 체포에 대한 진상이 밝혀진 것은 바로 이 『특고월보』 때문이었다. 지난날의 극비문서가 공개됨에 따라 이 『특고월보』도 일반에게 공개되기에 이른 것이다. 거기 들어 있던 사건 관계 기록을 일본 국회도서관 사서인 U씨가 찾아낸 것이다.

이 사건 제목은 '재효 교토조선인학생 민족주의 그룹사건'으로 되어 있다. 그는 이 기사의 사본을 윤일주 시인에게 건네고 다시 M지 1977년 12월호에 그 전문숲文을 실었다.

후쿠오카 형무소

    윤동주와 송몽규의 검거 소식은 급기야 고향에도 알려졌다. 집안은 충격에 휩싸였다. 집안의 미래로 촉망받던 두 젊은이가 아닌가. 그러나 이제는 장밋빛 희망만을 따질 때가 아니었다.

    집안사람들은 답답했다. 무슨 일로 검거되고, 어떤 벌에 처해질지 도무지 알 수 없기 때문이다.

    송몽규는 중학교 시절 독립운동 단체를 찾았다가 되돌아와 일경의 취조를 받은 적이 있었다. 하지만 평소 과묵하고 내성적인 동주가 설마 독립운동이나 단체에 가담했으리라고는 생각지 못했었다.

    동주의 아버지는 직장을 그만두고 양계업을 하던 중인데, 동주의 검거 소식에 충격을 받아 한동안 발을 끊었던 교회에 다시 나갔다. 그만큼 큰 충격을 받고 신앙심을 다하려고 했다.

한때 교회를 멀리했던 동주가 일본에 건너가기 전인 1941년 5월 연전 졸업 무렵에 썼던 「십자가」를 그는 알고 있다.

쫓아오던 햇빛인데
지금 교회당 꼭대기
십자가에 걸리었습니다.

첨탑이 저렇게도 높은데
어떻게 올라갈 수 있을까요.

종소리도 들려오지 않는데
휘파람이나 불며 서성거리다가,

괴로웠던 사나이
행복한 예수 그리스도에게
처럼
십자가가 허락된다면

모가지를 드리우고
꽃처럼 피어나는 피를

어두워 가는 하늘 밑에

조용히 흘리겠습니다.

신앙의 피가 절절이 넘치는 시다. 윤동주가 한때 신앙의 회의기를 지나 종교관이 여물던 무렵이다. 외사촌이던 김정우 시인은 그때를 회상했다.

"그의 집 큰 대문을 나와 좌로 돌아 큰길로 향하면 동쪽 개바위 위로 떠올라 쫓아온 햇빛이 우거진 가랑나무숲 교회당 종각의 십자가를 비추고 있는 광경을 그는 언제나 보았을 것이며, 그 십자가는 그리스도가 짊어진 십자가의 못처럼 그의 마음에 단단히 박혔을 것이다. 어린 시절 학교를 가거나 들녘을 거닐 때 노상 보았을 교회의 풍경은 한 폭의 그림처럼 그의 심상 속에 박혀 있을 것이다. 그것이 황혼에 물들어 가는 순교의 마음으로 서려 있는 것이다."

동주의 아버지는 그의 귀향을 초조히 기다렸다. 그래서 혜원에게 오빠가 돌아올 날짜에 두만강 건너 상삼봉역으로 마중나가라고 했다.

"아버지는 물론 오빠의 편지를 받자마자 곧 돈을 부쳤지요. 그리고 그때 이미 아마 무슨 좋지 않은 예감이 있으셨던 모양이에요. 돈 부쳐 놓고는 괜히 집 안팎을 들락날락하시면서 초조하게 오빠를 기다리시는 거예요."

상삼봉역은 북간도로 드는 국경 관문으로, 용정의 명신여고를 졸업하고 집에 있던 열아홉 처녀 윤혜원은 아버지의 분부대로 상삼봉역에 이르러 열차 도착시간마다 초조히 기다렸으나 오빠의 모습은 나타나지 않았다.

그곳에 사는 친척집에 며칠을 묵던 날 혜원을 집에 속히 보내라는 전갈이 왔다.

그녀가 부리나케 돌아가자 송몽규와 동주 오빠가 감옥에 갇혔다는 소식에 집안이 발칵 뒤집힌 상태였다.

그때 도쿄에서 교토의 경찰서로 면회 갔던 당숙 윤영춘은, 동주가 일본 형사와 마주앉아 우리말 작품과 일기를 번역하는 것을 목격했다고 전해 왔다. 외사촌 김정우도 면회 가서 같은 장면을 목격했다고 했다. 검거된 지 5개월여 만인 12월 6일, 송몽규와 동주, 그리고 고희욱 셋이 송청되었다.

훗날 윤동주의 가족들은 사실을 털어놓았다. 윤동주는 독립운동의 죄목으로 체포되어 재판받고 복역하다 옥사했다고 그가 옥사할 때 일본 후쿠오카 형무소에 갔다가 유족들이 돌아와 전하던 그 말이 과연 옳을까?

이런 주장을 뒷받침하는 '증거'가 나타났으니, 일제 때의 극비문서인 『특고월보 1943.12』와 『사상월보 1994.4·5·6』 제109호에 그 사건 기록들이 나타난 것이다.

이른바 '교토에 있는 조선인 학생 민족주의 그룹사건'이라는 것이 그것으로, 『특고월보』에 실린 일경의 취조문서에 윤동주의 혐의가 '조선 독립운동'임을 확증해주고, 이 사건으로 검사국에 송치된 학생은 송몽규, 동조자 윤동주, 고희욱 3인이라는 것이다.

그러나 고희욱은 살아남아, 그의 증언을 통해 그들의 체포에 관한 속사정과 감옥에서의 정황이 전해지고 있다.

이 사건 제목은 '재在 교토조선인학생 민족주의 그룹사건'으로 되어 있다. 그는 이 기사의 사본을 윤일주 아우에게 건네고, 그 내용을 1977년 12월호 M지에 전문을 실었다.

특고월보 1943년 12월분 재 교토조선인학생 민족주의 그룹사건 책동 개요는 아래와 같다.

① 조선에서의 책동

중심인물인 송몽규

만주국 간도성 연길현 지신촌 명동촌에서 출생하여 만주에 있는 은진중학교 및 국민고등학교에서 중등교육을 마쳤다. 그후 서울의 사립연희전문학교 문과를 졸업하고 1942년 교토제국대학에 입학하여 면학 중에 있는 자이다. 그는 만주에 있을 때로부터 민족의식이 농후하여 중국에 있는 불온한 조선인 단체와도 관련을 맺고 있었다. 즉 만주의 은진중학교 재학 당시에 동교 교사 명희조로부터 민족의식을 계몽받았고 1935년 4월 은진중학교 3학년 때 19세의 나이로 당시 남경에 잠복하고 있던 조선 독립운동단체인 김구 일파를 찾아가 독립운동에 참여할 목적으로 동년 11월까지 그곳에서 교육을 받았었다. 그러나 김구 일파의 내부 사정으로 말미암아 목적 달성이 어려울 것을 알게 되자 다시 제남시에 있는 이웅이라는 독립운동가를 찾아가 함께 독립운동을 펴려고 하였으나 사찰 당국의 압박으로 목적을 이루지 못하고 1936년 3월 출생지의 부모 곁으로 돌아왔다.

(……)

1937년 5월경, 간도성 용정가에 있는 윤동주의 집을 비롯하여 다른 곳에서도 은진중학교 재학 당시로부터 사상적으로 서로 공명했을 뿐 아니라 꼭 같이 민족의식이 두드러졌던 윤동주와 회합을 했고, 조선의 독립을 위해서는 조선 문화의 유지 향상에 힘쓰고 민족적 결점을 시정하는 데 있다고 믿고 스스로 문학자가 되어 지도적 위치에 서서 민족적 계몽운동에 몸 바칠 것을 협의했고, 조선문학을 연구하여 조선문학자가 되려면 서울에 있는 연희전문학교가 가장 적합하다고 믿어 1938년 4월에 윤동주와 함께 연희전문학교에 입학했으나, 당시 정부가 추진하던 동화정책의 강화로 말미암아 조선의 각급 학교에서 조선어 수업이 폐지되고 일본어 사용을 장려하기에 이르자 이러한 정책이 조선 문학을 필연적으로 소멸시키고 말 것이며, 이렇듯 조선의 고유문화를 말살시키는 일은 조선 민족을 멸망시키고 말 것이므로 어떤 일이 있어도 민족문화를 유지 향상해야 한다고 믿고, 1939년 2월 말, 연희전문학교의 동급생인 윤동주, 백인준, 강처중 등 수 명과 함께 조선 문학의 동인지를 출판할 것을 모의하여 동년 8월에 이르기까지 학교 기숙사 또는 다방에서 수차에 걸쳐 민족적 작품의 합평회를 열어 서로 민족의식의 앙양과 조선문화의 유지에 힘썼다.

그 동인지의 간행이 불가능해지자 연희전문학교 동창회지 『문우』의 간사가 되어 윤동주를 권유하여 뜻을 함께 함으로써 조선문화의 유지와 민족의식 앙양에 힘썼다.

이리하여 송몽규는 1942년 연희전문학교를 졸업하자 조선 독립을 위해서 자신이 민족 문화를 연구하려면 다만 전문학교 정도의 문학 연구로서는 부족하다고 보았다. 다시 조선의 역사적 지위를 명확하게 하고 보다 더 깊이 조선문학을 연구함으로써 민족의 특성을 유지하는 데에는 대학에서 공부를 계속할 필요가 있다고 믿어 문학과 역사를 연구하기 위하여 1942년 4월에 교토제국대학 문학부 사학과에 입학하여 줄곧 조선의 독립을 궁극의 목표로 삼아 세계사와 문학을 연구함과 아울러 민족문화의 유지에 힘써 왔다.

한편 윤동주는 연희전문학교를 졸업한 후 도쿄로 와 법정대학 청강생으로 면학하다가 1942년 9월 교토에 있는 도지샤대학 문학부 선과에 입학하여 줄곧 송몽규와 긴밀한 연락을 취하면서 교토에 있는 조선인 학생들을 충동하고 있었다.

② 교토로 온 이후 책동

위의 두 사람은 1941년 12월 8일 태평양전쟁이 일어나자 전쟁의 종국에 가서는 반드시 일본이 패전할 것이라 망단하고 일본의 국력이 피폐한 틈을 타서 조선 독립의 여론을 환기시켜 민중을 봉기케 하여 일거에 독립을 완수시킬 것을 의도했다. 교토에 있는 조선인 학생 수 명을 지목하여 충동함으로써 동지를 얻는 데 노력한 결과 제3고등학교 학생인 고희욱을 얻어 1942년 10월경부터 금년(1943년) 7월경까지 교토의 시내 각처에서 3명이 가끔 회합하여 민족의식 앙양 내지는 구체적인 운동 방침 등에 관하여 협의해 왔던바 이제 그 주요한 사항을 적기하면 다음과 같다.

가) (……)

나) (……)

다) (……)

라) (……)

마) 조선의 독립 목적을 달성하기 위해서는 어디까지나 조선의

민족 문학을 사수해야 한다.

바) ……일본이 패전하는 기회를 타서 독립운동을 전개시키면 조선인은 모두 궐기할 것이다. 그때에 조선 출신 군인들도 큰 구실을 해야 할 것이며 우리들도 목숨을 바쳐 궐기해야 한다.

사) (……)

아) (……)

자) 교토에 있는 조선인 학생 백인준 등에 대해서는 가끔 민족적 선동 계몽을 수행했다.

차) 학교에서의 조선어 폐지와 한글로 된 신문잡지 등의 폐간은 조선 문화 즉 고유한 민족성을 말살하고 조선 민족을 멸망케 하려는 것이므로 어떤 일이 있어도 조선 문화의 유지에 힘쓰지 않으면 안 된다.

카) (……)

타) (……)

파) (……)

③ 송국 피의자

송국이란 경찰 조사를 끝내고 검사국으로 넘어가는 것을 말한다.

송몽규, 윤동주, 고희욱 등 세 사람은 1943년 7월 14일 체포되어 같은 해 12월 6일 송국되었고, 다음 해 6월까지 다시 미결수로 있다가 재판 결과, 송몽규는 2년 6개월, 윤동주는 2년형을 선고받았다. 그 후 후쿠오카 형무소에서 복역 중, 윤동주는 1945년 2월 16일에, 송몽규는 같은 해 3월 10일에 각기 옥사하였다.

그런데 송몽규에 대한 일본 사법관계 공식 기록은 두 종류이다. 하나는 일본 특고경찰의 취조문이고, 다른 하나는 교토지방 재판소 제1형사부의 판결문이다.

① 판결문

송몽규에 대한 치안유지법 위반

피고사건 (조선 독립운동) 판결

― 교토 지방재판소 보고― (발췌문)

주문 : 피고인을 징역 2년에 처한다.

이유 : (……)

1944년 4월 13일

교토 지방 재판소 제1형사부

재판장 판사 고니시 노부하루少西宜治

판사 후쿠시마 노보루福島昇

판사 호시 도모타카星智孝

윤동주에 대한 판결문

주문 : 피고인을 징역 2년에 처한다.

이유 : (……)

이에 주문과 같이 판결한다.

1944년 (소화 19년) 3월 31일

교토지방재판소 제2형사부

재판장 판사 이시이 히라오石井平雄

판사 와타나베 스네조度邊常浩

판사 기오라타니 스에오風谷末雄

　본건의 적용법인 '치안유지법'은 일본 제국주의가 1925년에 제정한 이래 1941년의 두 차례 개정을 거쳐 그 처벌 규정이 점차 가혹해진 법률로서, 조선 독립운동가와 사상관계 사건에 적용된 법률이다. 따라서 이 법은 그 제정의 목적부터가 악법임은 누구나 아는 일이다. 그런데 문제는 송몽규, 윤동주의 체포에 대한 특고 경찰의 공식 기록이 밝혀지기 전 유족들에 의한 그의 독립운동 부문에 대해 윤동주 연구가들은 회의적이었다.

　"윤동주의 옥사가 과연 독립운동 때문이었는가?"

　당시엔 그의 죄명이 밝혀지지 않은 이유도 있었지만, 그의 선고

형량이 '징역 2년'이라는 데 있었다.

일제의 형법에는 무력 행동이 동반하지 않은 순수한 사상범에 대해서는 해방 후의 한국에서처럼 사형, 무기형 등의 극형이 아닌 '징역 2년'의 형량이 선고되었다.

송몽규와 윤동주에게 내린 '징역 2년'의 선고 형량이란, 어떤 혐의 사실을 입증하는 증빙서류가 실제로 있었던 사상범임을 말해준다는 점이다. 당시 김정우 시인이 윤동주를 면회하러 갔을 때 담당 형사가 한 자 이상 쌓인 서류를 가리키며 "저것이 다 증거서류"라고 한 증언도 그들이 쓴 작품이나 기록들이 증거가 되어 실형을 선고받은 것을 입증해 준다.

그러나 상당수의 연구가들이 관념적으로 이를 해석하거나 형식 논리로 추론하는 경우도 없지 않다.

그러한 보기 몇 가지를 보면, 여류시인 K는 「윤동주 연구」에서 "후쿠오카 형무소에서의 옥사는 자기의 메시아적 본질을 추구해 나간 시인의 내적 필연성의 결과였다."고 관념 미학으로 호도하고 있다. 평론가 R은 「아웃사이더적 인간상」에서 "윤동주가 나르시스였다는 점에 출발하여 그가 나르시스의 평면에서 발견한 것은 결국 자기 학대와 자기 연민이었다."고 설명하고 "현실과의 비타협인으로써 항상 현실과 거리를 유지시키면서 현실 밖에 위치한 아웃사이더"라고 말하고 있다.

중요한 것은 윤동주 시학의 정신적 원천이 어디에 있는가를 깊이 천착하는 것이며, 그의 시가 뿌리내린 심층적인 심상을 파악해 내는 일이 시급하다.

윤동주와 송몽규에게 선고가 확정되자 곧 후쿠오카 형무소로 압송되었다.

이곳에 수감된 동주는 그해 6월 이래 한 달에 한 장씩의 엽서를 보내왔다.

한 엽서에는 "영일대조 신약성서"를 보내 달라 하여 일주는 이 책을 부쳐줬다. 한 번은 일주가 "붓끝을 따라 운 귀뚜라미 소리에도 벌써 가을을 느낍니다."라고 써 보냈더니,

"너의 귀뚜라미는 홀로 있는 내 감방에서도 울어준다. 고마운 일이다."라고 동주는 답장을 보내왔다. 그러나 매달 초순이면 꼭 당도하던 엽서가 1945년 2월에는 중순이 다 되도록 오지 않았다. 집안사람들은 모두 애를 태우고 있었다.

그러다가 중순이 넘어 한 장의 비보가 날아들었다.

순절의 시인 윤동주는 이렇게 이국의 하늘 밑 그 한 서린 형무소의 독방에서 숨겨간 것이다.

그는 숨을 거둘 때 무언가 외마디 소리를 외쳤다고 담당 간수가 전해 주었다.

그 비명은 무슨 뜻이었을까?

새벽? 조선 독립? 별? 아리랑? ……

아무도 모른다. 아니, 그 모두였는지도 모른다.

그러나, 그 비명은 조선 독립을 갈망하는 피맺힌 절규가 아니고 무엇이랴.

'백골 몰래 또 다른 고향'에 윤동주는 한 줌의 재가 되어 돌아와 중국 연변 조선인 자치구 용정 땅에 묻혔다. 그로부터 20여 일 후 송몽규도 비슷한 경위를 밟아 그 유해만이 고향을 찾아들었다. 몽규의 사망 소식을 듣고 달려간 아버지 송창희는 후쿠오카의 화장터에서 그의 시신을 화장했을 때 타고 남은 뼈를 빻는 절구질을 하는 동안 뼛가루가 주위에 튀자,

"내가 왜 몽규의 뼛가루를 한 점이라도 이 원수의 땅에 남기겠느냐." 하고 뼛가루가 튄 흙을 모조리 쓸어 모아와서 함께 장사를 지냈다.

생체 실험의 미스터리

1944년 4월 1일에 윤동주, 4월 17일에 송몽규의 형이 각각 확정되자 그들은 죽음의 집 후쿠오카 형무소로 이송된다.

이 후쿠오카 형무소는 규슈의 후쿠오카 시에 있으며, 2.1km 거리에 하카다 만이 있고 옛날 원나라와 고려의 연합군이 일본을 침공하러 상륙했던 곳이기도 하다.

이곳에 이송된 윤동주는 옥살이를 시작하는데 아우 일주의 증언 '윤동주의 생애'를 통해 당시 정경을 엿보기로 한다.

"매달 한 장씩만 일어로 허락되던 엽서만으로는 옥중 생활을 알 길이 없으나 '영일대조 신약성서'를 보내라고 하여 보내드린 일과 '붓끝을 따라온 귀뚜라미 소리에도 벌써 가을을 느낍니다.'라고 쓴 나의 글월에 '너의 귀뚜라미는 홀로 있는 내 감방에서도 울어준다.

고마운 일'이라는 답장을 준 일이 기억난다. 편지 쓸 날짜를 얼마나 기다렸던지 매달 초순이면 어김없이 깨알같이 써 오는 편지에는 가끔 먹으로 지워 버린 곳이 있었다. 옥중 노동 장면 등의 구절이 간수들에 의하여 지워졌음을 짐작할 수 있었고, 더러는 짐작할 수 없을 정도로 먹칠해져 있었다."

후쿠오카 형무소에 갇혀 있을 때 송몽규는 단 한 차례의 면회를 허락받았다. 윤동주의 사망 소식을 듣고 그의 부친과 윤영춘 두 사람이 사망한 동주보다 먼저 송몽규의 면회 신청을 했던 것이다.

윤영춘의 회고에 따르면, 그때 몽규는 반쯤 깨진 안경을 눈에 걸치고 있었으며 사람을 알아볼 수 없을 만큼 피골이 상접한 모습이었다고 한다. 그는 이어 중요한 '증언'을 남기고 있다.

"……시국에 관한 말은 일체 금하라는 주의를 받고 복도에 들어서자 푸른 죄수복을 입은 20대의 한국 청년 50여 명이 주사를 맞으려고 시약실 앞에 쭉 늘어선 것이 보였다. 몽규가 반쯤 깨어진 안경을 눈에 걸친 채 내게로 걸어올 때 피골이 상접이라 처음에는 얼른 알아보지 못하였다. ……입으로 무어라고 중얼거리다 잘 들리지 않아서 '왜 그 모양이냐?'라고 물었더니, '저놈들이 주사를 맞으라고 해서 맞았더니 이 모양이 되었고 동주도 이 모양으로……' 하고 말소리는 흐려갔다."

위의 증언에서 보듯이 윤동주와 송몽규의 이 의문의 죽음은 '형

267

무소에서 맞게 한 주사' 때문이며, 그것은 생체 실험에 의한 것임을 추정할 수 있다.

이 같은 의문에 대해 1980년 들어 생체 실험의 구체적인 추리를 가능케 한 일본의 고노 에이치 씨가 나타난 것이다.

그는 윤동주가 맞았던 '이름 모를 주사'는 당시 규슈제대에서 실험했던 '혈장 대용 생리식염수' 주사였을 가능성이 크다 하여 큰 반향을 일으켰다.

후쿠오카 형무소에서 윤동주는 의문의 주사를 맞고 죽어갔다. 그의 시체는 3월 6일 용정의 동산에 묻혔는데 바로 그다음 날 송몽규도 같은 길을 갔다. 송몽규는 고종 동생이요, 평생 동지였던 동주가 이미 죽고 자신도 죽어간다는 것을 알면서도 그 주사를 강제로 맞아야 했다.

지금부터는 그들의 죽음을 가져 온 생체 실험의 미스터리에 관한 증언 하나를 듣기로 하자.

1977년 독립 유공자로 포상된 김헌술 씨의 증언에 따르면 그는 후쿠오카 형무소에서 직접 윤동주를 보았고, 또 자신이 생체 실험을 몸소 당했다는 것이다.

"윤동주 지사와 첫인사를 나누기 전, 1942년(1943년의 착오) 겨울에 나는 이상한 이야기를 경험했다. 겨울 감방은 생지옥과 같이 어둡고 춥다. 손발이 얼어 터져 피가 나고, 피가 엉킨 부위가 퉁퉁

부어오르곤 했다. 그래도 할당된 작업량은 반드시 채워야 했다. 그날도 나는 열심히 바늘을 양말 코 사이에 옮기는 작업을 하던 중이었다. 간수가 다시 와서 문을 열고 나에게 나오라고 했다. 나는 형무소장의 면담인가 해서 가슴이 철렁 내려앉았다. 하던 일을 멈추고 간수를 따라 복도로 나갔다. 이 방 저 방에서 몇 사람이 나오고 그들과 함께 간수를 따라 중앙 광장에 나가자 몇 사람이 이미 나와 서성거리고 있었다. 나의 동지 이원구도 보였다. 이원구 동지와는 같은 동에 있어도 복도에서 눈인사만 나누다가 이렇게 만나니 쏟아지는 말을 막을 수 없었다.

'건강은 어떤가?'

'출소 날짜는?'

'작업 기술은 향상되었나?'

'무슨 책을 읽고 있나?'

이런 대담 끝에 우리가 의무실로 들어서니 옥의가 나무의자를 가리키며 모두 앉으라고 했다. 인텔리였던 옥의는 우리를 너그럽게 대해 주었다.

'조선이 독립되겠나? 전도양양한 준재들이' 하면서 휘 우리를 둘러보고 안됐다는 표정을 지어 보였다. 잠시 후 그 옥의는 우리들에게 암산 용지를 두세 장씩 주면서 일정 시간에 암산을 해서 연필로 답을 적으라고 했다. 암산 용지에는 간단한 가감산 문제가 수백 개

269

가량 나와 있었다. 우리들은 영문도 모른 채 열심히 암산으로 답을 써 내려갔다. 5분가량 지났을까? 옥의는 '그만' 하더니 답안지를 거두었다. 이때 큐슈 의전생이었던 조희달 선배가 나도 의학을 배우다 왔는데 '이것은 무얼 하려고 하느냐?'고 큰 소리로 옥의한테 질문을 던졌다. 옥의는 웃으면서 '다이시다고도 나이요(별다른 일은 아니다)' 하며 주사기를 꺼내 5~10cc 정도의 주사액을 넣고는 우리들의 팔에 주사를 놓았다. 그때 우리들은 이게 무슨 주사며 무엇 때문에 맞는지 몰랐다. 불가사의한 일이 진행되고 자신의 신체에 이물질이 들어가는 순간에 아무런 저항 없이 팔을 내밀고 주사를 맞았다. 물론 나도 뼈만 남은 팔을 걷어 올리고 주사를 맞아야 했다. 우리들은 일주일 이상 주사를 맞았다. 주사를 맞기 시작한 지 며칠이 지나자, 암산 능력이 거의 반으로 떨어졌다. 1주일이 지나면서부터 암산 능력이 더 떨어졌을 뿐만 아니라 오답도 많아졌다. 우리는 이것을 '생체 실험'이라 불렀다."

윤동주의 장례는 8·15 해방을 5개월 남짓 남겨 두고 치러졌다. 부친과 당숙이 안고 온 동주의 유골 상자를 관 안에 넣었다.

용정 중앙장로교회의 문재린 목사가 그 장례식을 주관했다.

장례식에서는 『문우』에 실린 그의 시 2편, 「우물 속의 자화상」과 「새로운 길」이 낭송되었다. 그때 모두들 울먹이는데도 어머니 김용은 눈물 한 방울 흘리지 않았다. 누이 혜원은 그때의 일을 되새겼다.

"낮에는 태연히 일하시다 사람들이 잠든 깊은 밤이면 오빠의 관 곁에 가서 관을 어루만지시며 소리 없이 눈물을 흘리셨어요."

동주의 유해는 용정 동산에 묻히고, 뒤이어 송몽규의 무덤은 그의 가족이 전에 살았던 명동의 장재촌 뒷산에 묻혔다.

해방이 되어 이 겨레의 샛별로 떠오른 시인 윤동주, 그는 일제의 '생체 실험'으로 희생되었다.

1946년 2월 16일, 윤동주의 옥사 1주기가 돌아왔다. 집에서는 음식을 만들고 푸짐한 가운데 그의 1주기 추모식이 마련되었다.

그해 6월 아우 일주가 19세의 나이로 단신 월남하고 북간도에는 조부모와 양부모, 누이 혜원 그리고 막냇동생 광주가 남았다. 서울에 온 일주는 형의 친구들을 찾던 중 강처중을 만나고, 그에게 맡겼던 윤동주의 책들과 연전 졸업 앨범 등 유품을 건네받았다. 강처중은 윤동주가 일본 가서 편지 속에 동봉했던 5편의 시도 간직하고 있었다.

윤일주는 정병욱도 만났다. 그와의 만남은 매우 뜻깊은 일이었다. 윤동주가 손수 만든 필사본 『하늘과 바람과 별과 시』 3부 중 1부를 그가 보관하고 있었기 때문이다. 그것이 그때까지 보존됐던 유일한 원고였다.

정병욱은 일제 말 학병에 징집되어 귀환해 있었다. 그는 학병에 나가면서 윤동주의 친필 시집을 광양의 본가에 맡겨 두었던 사연을 증언하고 있다.

"동주 자신이 가졌던 것과 이양하 선생께 드린 시고는 해방 후 찾을 길 없고, 내게 주었던 것이 나의 어머니 장롱 속 깊숙이 보관되다 1948년 <정음사>에서 출판됨으로써 동주의 시가 비로소 세상에 알려지게 되었다. 동주가 검거된 반년 후, 나는 소위 학병으로 끌려가게 되었다. 피차 생사를 알 수 없게 된 마당에 이르러 나는 동주의 시고를 나의 어머님께 맡기며, 나나 동주가 돌아올 때까지 소중히 잘 간수하여 주십사 부탁하였다. 그리고 동주나 내가 다 죽고 돌아오지 않더라도 조국이 독립되거든 이것을 연희전문학교로 보내어 세상에 알리도록 해달라고 유언처럼 남겨 놓고 떠났다. 다행히 목숨을 보존하여 무사히 집으로 돌아오자 어머님은 명주보자기로 겹겹이 싸서 간직해 두었던 동주의 시고를 자랑스레 내주면서 기뻐하셨다."

이렇게 잘 보관된 시고가 해방 후 정음사 판 『하늘과 바람과 별과 시』로 햇빛을 보게 된 것이다.

윤동주의 시가 해방 후 세상에 알려지게 된 것은 강처중의 역할도 컸었다. 당시 경향신문 기자이던 강처중은 1947년 2월 13일 자 경향신문 지면에 윤동주의 시 「쉽게 씌어진 시」를 실었다. 이 시에는 경향신문 주필이던 정지용 시인의 소개를 붙였다. 정지용 시인은 1946년 10월 1일부터 이듬해 7월 9일까지 그 신문사에 재직했다.

동주의 죽음은 윤영석의 가정에 더 없는 타격을 안겨 주었다. 그는 둘째 아들 윤일주를 해방 이듬해 서울로 떠나보내고, 외동딸 혜원도 동주가 중학 시절에 써 놓은 습작 시고를 가지고 북한을 거쳐 서울로 가도록 하였다.

혜원이 집을 떠난 1946년 9월 4일 동주의 조부 윤하현이 별세하고 잇따라 9월 26일 동주의 모친 김용도 시난고난 앓다가 57세로 세상을 떠났다. 이렇게 용정의 윤동주 고향집은 이제 조모와 부친, 그리고 막냇동생 광주 세 가족이 남았다. 얼마 후 조모도 별세하니 남은 가족은 아버지와 광주뿐이었다.

광주는 어린 시절 무척 동주를 따르며 그의 영향을 많이 받았었다. 그는 용정중학 시절 '윤동주문학사상연구회'의 일원이었던 조신옥을 만나게 된다. 조신옥은 윤동주의 생애와 시편들에 매료됐던 학생이다. 어느 날 집안 식구들에게 윤동주의 사진을 보여주면서 얘기를 나누던 중 모친으로부터 뜻밖의 말을 듣게 된다.

"내가 광주네를 좀 안다. 윤광주는 연길현 광신향 용남 일대에서 양친을 모시고 살았다. 부친은 마음이 착하고 점잖은 지식인이어서 마을 사람들의 존경을 받고 있었다. 윤 노인은 노환으로 바깥출입을 할 때면 지팡이를 두 손으로 잡고 걸어야 할 정도였다. 그러니 그는 생산대 노동 활동에는 참가할 입장이 못 됐어. ······그런데 모친은 계모였다. 광주의 생모 김용이 죽고 나서 얼마 후에 들어온 여자였는데 마음이 비단같이 고왔다. 그 계모가 폐병을 앓는 광주를 극진히 보살펴 주었으니 말이다. 그 안 노인은 얼굴이 동그스름하고 키가 작았다. 그리고 오리걸음으로 아장아장 걸었어.”

그러니 광주네 살림을 안 노인이 다 꾸려갔다는 것이다. 그 시절엔 집체 노동에 참가해야 식량을 배분받을 수 있었다.

광주는 폐결핵 말기로 간신히 생명을 부지했다. 큰 키에 광대뼈가 튀어나온 길고 여윈 얼굴에 유독 큰 눈이 말똥거렸다. 칼바람이 몰아치는 엄동에도 털모자도 없이 낡아 빠진 검정색 솜 외투를 걸치고 다녔다.

그는 가쁜 기침을 하면서도 책 읽고 글쓰기를 멈추지 않았다. 허름한 초가집은 책 천지로, 방의 벽 삼면을 담벽처럼 둘러 있었다.

그의 집에서 여러 번 청년회의도 열렸다. 그는 많은 시간을 독서와 창작하는 데 쏟았다.

광주네는 1959년 육도하 제방둑 아래 있는 두 칸짜리 초가집으로 이사했다. 그의 병 치료비 마련을 위해서였다. 하지만 불치의 폐결핵을 치료하지 못했다.

그는 1962년 가을 불쌍하게 죽어갔다. 촌민위원회를 대표하여 한시옥은 고인과 고별하러 갔다. 구들에 누인 광주의 시체 위에 초라한 이불이 덮여 있었다.

광주의 부친 윤 노인은 주검 앞에 멍하게 앉아 눈물 한 방울 흘리지 않았다. 하얗게 머리가 센 노인이 고향에 하나 남은 아들을 또 먼저 떠나보낸 것이다.

그 총각을
구 모범 대회 때마다
늘 만났지마는……
웬일인지, 만날 적마다
남몰래 얼굴 붉어지고
가슴이 설레었는데 ……

아이 참!
이걸 어찌나요
나더러 종합성 육모 가꾼
이야기 해 달라지요

글쎄, 어쩔 수 있나요
뛰는 가슴 진정시켜

그 총각께 얘기했더니

그 총각
나의 마음 아는 듯 모르는 듯
벙긋 웃으며 하는 말이

―그 솜씨 참말 부럽다오
그러면서, 배 열매 주렁질 때
과수원에 구경 오라지요

그리니 가볼 수밖엔……
이렇게 자주 만나며
그 총각도 내 마음 알아주겠지

　　윤광주의 데뷔작 「그때면 알겠지」가 『연변문학』에 발표됨으로써 그가 남긴 유작 19편 중 서정시 16편과 단편소설 1편, 미발표 시 2편이 공개되었다. 따라서 윤광주의 유작시 발굴로 윤동주, 일주, 광주 3형제가 모두 시인이었음이 밝혀졌다.
　　그런데 연변 시인 윤광주가 세상에 알려지게 된 것은 일본 와세다대학 윤동주 전문가 오무라 마스오 교수가 1987년에 발표했던

「윤동주 사적에 대하여」라는 글이 발표된 것이 단서가 되었다.

오무라 마스오 교수는 1985년 4월부터 1년간 연변 대학에서 중국조선문학 연구를 위한 객원 연구원이었다. 그의 연구를 지원했던 연변대 교수의 다음 증언이다.

"오무라 씨가 연길에 도착한 것은 4월 12일이었다. 일주일쯤 지난 후 그가 문득 '윤동주'란 이름 세 자를 들먹였는데, 당시 연변에서 그런 이름의 민족 시인을 기억하는 사람이 없었다. 그런데 그는 용정의 동산교회 묘지를 들먹이며 윤동주 무덤이 그 어딘가에 버려져 있을 것이라는 구체적인 정보를 제시했다. 5월 14일 연변대 H·K교수 두 사람과 그는 동산교회 묘지 일대에서 무덤 수색 작업에 착수했다. 시간이 얼마 지나지 않아 묘지 위쪽 중간쯤에서 H교수가 "여기 찾았다"고 소리쳤다. 허물어진 봉분 앞에 '詩人 尹東柱之墓'라고 새겨진 비석이 서 있었다.

그때까지 연변에서 윤동주 시인은 잊혀진 시인이었다. 더욱 놀라운 것은, 윤동주는 이미 남한에서 최고로 평가받는 시인이었다는 점이다. 남북 분단이 가져온 비극이었다.

오무라 교수와 윤동주의 인연은 밝혀진 것이 없고, 그가 윤동주 시인의 동생 윤일주 교수(1985년 작고)와 교분이 있었던 관계로 그를 통해 윤동주의 사적 추적에 나선 것이다. 앞서 말한 R 교수의 증언은 다시 이어진다.

"1945년 윤동주 사망 당시 일주 씨는 만 18세로 용정의 명동소재 본가에 살고 있었소. 그래서 윤 시인 장례식이나 묘지도 소상히 알고 있었던 거요. 하지만 1985년 당시 남한 사람들은 연변 지역에 얼씬도 못할 때였어요. 그러니 일주 씨로선 그곳 출입이 가능한 오무라 씨에게 구체적인 정보를 줘 그동안 못다한 형 동주 시인의 사적을 챙기도록 했던 게요."

지난 1994년 8월 새로 윤동주의 생가와 명동교회가 복원되고, 용정중학교에 기념관과 시비가 세워졌다. 그런데 광주는 이곳이 아닌 용정시에서 태어났고, 청년 문사 송몽규는 이곳 태생이다.

광주는 1957년 이송덕, 한은, 한관준 등과 역사학술지 『길벗』을 창간하고, 그해 4월 폐결핵이 악화될 때에도 『연변일보』 통신원 일을 하며 『아리랑』, 『연변문예』, 『연변문학』 등에 시를 발표했다. 그가 1962년 용정에서 피가래를 쏟으며 죽어간 나이는 만 29세. 형이 남긴 책들을 온 방에 흩트려놓고 그는 숨을 거두었다.

안도섭

1933년에 태어나 조선대 국문과에서 수학했다.

1958년 『조선일보』 신춘문예에 시 「불모지」가, 『평화신문』 신춘문예에 시 「해당화」가 각각 당선되어 문단에 등단하였다. 이후 「연가」, 「거울」, 「우리 더욱 사랑을 위해」 등 시대적 애상을 서정적으로 읊은 시편들을 발표했다. 1959년 전봉건과 함께 사화집 『신풍토』를 주재했으며, 이듬해 시집 『地圖속의 눈』을 발간하여 제6회 전라남도문화상을 수상했다.

시집으로는 『地圖속의 눈』(1959), 『풀잎序章』(1984), 『하늘을 아는 사철나무』(1986), 『어느 火刑日』(1987), 『사랑을 말하라면』(1988), 『일억의 눈동자와 사랑을 위한 百의 노래』(1989), 『살아있다는 기적』(1990), 『내 얼굴 벌거벗은 혼』(1991), 『나무나무와 분홍꽃 아카시아는』(1991), 『아침의 꽃수레 타고』(1994), 『지리산은 살아있다』(1999), 서사시집 『새야 녹두새야』(개정판 2002, 우수문학도서), 『돌에도 꽃이 핀다 했으니』(2004), 『파고다의 비둘기와 색소폰』(2009), 대하서사시집 『아, 삼팔선』(전4권)(2007), 『자작나무 숲길』(2014) 등이 있다.

에세이로는 『한 잔의 찻잔에 별을 띄우고』, 『책과 어떻게 친구가 될까』, 『스픈 한 숟갈의 행복』, 『문장작법 101법칙』, 『윤동주 평전』이 있다.

한편 소설에도 관심을 기울여 『한씨 一家의 사람들』, 콩트집 『암수의 축제』, 장편소설 『녹두』, 창작집 『방황의 끝』, 역사소설 『김시습』, 장편 『개성아씨』, 소설집 『청춘의 수첩』, 『명동 시대』, 『한 여자』 등을 발표했다.

한글문학상, 탐미문학상, 허균문학상, 雪松문학상, 한민족문학상, 한국글사랑문학상을 수상했으며 현재 한국문인협회 고문을 맡고 있다.

윤동주, 상처 입은 혼

ⓒ 2014 안도섭

초판 1쇄 발행 2014년 9월 22일

지 은 이 안도섭
펴 낸 이 최종숙
펴 낸 곳 글누림출판사

책임편집 이태곤
편　　집 권분옥 이소희 박선주 박주희 오정대
디 자 인 안혜진 이홍주
마 케 팅 박태훈 안현진
관　　리 구본준

주　소 서울시 서초구 동광로46길 6-6(반포4동 577-25) 문창빌딩 2층(137-807)
전　화 02-3409-2055(대표), 2060(편집), 2058(영업)
팩　스 02-3409-2059
전자메일 nurim3888@hanmail.net
홈페이지 www.geulnurim.co.kr
등록번호 제303-2005-000038호(2005.10.5)

정　가 13,000원
ISBN 978-89-6327-267-2 03810

출력/인쇄 · 성환C&P **제책** · 동신제책사 **용지** · 에스에이치페이퍼

＊이 도서의 국립중앙도서관 출판시도서목록(CIP)은 서지정보유통지원시스템 홈페이지(http://seoji.nl.go.kr)와
　국가자료공동목록시스템(http://www.nl.go.kr/kolisnet)에서 이용하실 수 있습니다.(CIP제어번호: CIP2014026068)